Chapter 01	李白和菖蒲花	001
Chapter 02	是什么让我遇见这样的你	035
Chapter 03	土豆土豆,我是地瓜	063
Chapter 04	我喜欢你,因为你是你	085
Chapter 05	樱花和情书	107
Chapter 06	爱在屋檐下	127
Chapter 07	可爱之人必遇可爱之事	149
Chapter 08	那年夏天风正好	175
Chapter 09	闪闪发光的你	195
Chapter 10	不负青春一回	217
Chapter 11	飞蛾扑火,我扑你	235

Chapter

李白和菖蒲花

那么就迟些遇见吧，
他刚好成熟，她刚好温柔。

那时的少女不够温柔,那时的少年不够成熟,那么就迟些遇见吧,他刚好成熟,她刚好温柔。

周可可准备结婚了,婚期定在圣诞节。周可可打印出来的第一张请帖送到了唐菖蒲手里。

红底烫金的请帖精致漂亮,洋溢着满满的喜庆和幸福。

结发为夫妻,恩爱两不疑。

唐菖蒲在祝福之余又忍不住吐槽:"干吗非要选在圣诞节结婚啊,大冬天的,你不冷啊?这时候穿婚纱,要么臃肿难看,要么你被冷风吹得瑟瑟发抖。在夏天结婚多好啊,我还可以穿得很性感,然后去抢你的风头。"

"你敢!"周可可咬牙切齿地道,"在我的婚礼上你不许化妆。"

唐菖蒲——国际超模,近年来经常出现在各大时装周上的中国面孔。要是她化了精致的妆出现在婚礼上,那还了得!

Chapter 01　李白和菖蒲花

周可可轻咳一声，又道："圣诞节是我和我老公相遇的节日，还是他向我告白的日子，很有纪念意义的，而且婚礼在室内举行，怎么会冷？"

"可是……"唐菖蒲又道，"这样的话，相遇纪念日、告白纪念日、结婚纪念日都在一起过，你会少收很多份礼物的。"

打嘴仗周可可永远输唐菖蒲一筹。

周可可俏皮地转了转眼珠，突然转移话题："我给季白也发了请帖，他也会来。"

果然，原本得意的唐菖蒲一听到季白这个名字立刻安静了下来。

哪个少女不怀春？哪个青春期的孩子心里没点儿小秘密？

唐菖蒲的少女情怀和小秘密全是关于季白的。

学生时期的唐菖蒲自然没有现在这么风情万种。如果说现在的唐菖蒲是美艳动人的黑天鹅，那么学生时期的唐菖蒲就是裹了泥的丑小鸭和浑身是刺的刺猬结合体。

简单点说，就是她长得不好看，脾气也不好。

十几岁的她已经有着让人望尘莫及的高挑身材，留着一头利落的短发，一开学就被班主任选中，成了班长。

而唐菖蒲在被班主任委以重任后，也从来没让班主任失望过。

那个时期的学生正处于叛逆时期，好像这点儿叛逆情绪能让他们成功和大人的世界接轨。

有男生躲到厕所里抽烟，她就直接冲进去抓人；有男生翻墙，她就拿竿子把人从墙头捅下来。

季白就是被唐菖蒲用竿子捅的那个人。

季白是有着好成绩的"坏"学生,用唐菖蒲的话来说:"季白这种人,脱了校服出了校门,似乎就成了浪大街的混混。"

唐菖蒲不喜欢季白,季白也看唐菖蒲不顺眼,这一点,开学时就初露端倪。

开学初要做自我介绍,作为班主任钦点的班长,唐菖蒲自告奋勇上去做了自我介绍。

其他同学没有和唐菖蒲一样的积极性,她耐心地等了许久,也没人愿意主动上台。

"没人我可点名了啊。"唐菖蒲翻开花名册扫了一眼,说,"那就这个吧,李白。李白同学上来做个自我介绍吧。"她的话一说完,教室里的人都笑了。

大家环顾整个教室,都想看看这名和大诗人同名的同学。

可是很长时间过去了,都没人站起来。

有人起哄道:"李白同学不要害羞嘛,上去给我们念首诗啊。"

"哗"的一声,最后面的角落一个瘦高的男生站了起来,教室里的笑声瞬间消失了,大家都惊讶地看着这个好看的男孩子,他黑着脸走上了讲台。

他走上讲台后,看了唐菖蒲一眼,然后拿起粉笔在黑板上写下两个工工整整的大字——季白。

"我叫季白,季节的季,白色的白,不是李白。"他说得咬牙切齿,还冲唐菖蒲翻了一个白眼。

唐菖蒲有些不好意思地摸摸鼻子,说:"不好意思啊,季和李有点儿像——"

Chapter 01　李白和菖蒲花

"你叫唐菖蒲？"她的话还没有说完，季白就问。

唐菖蒲愣了愣，然后反应过来："你休想玷污我的名字。"

季白挑眉道："唐菖蒲就是剑兰，而且唐菖蒲还有个别称，叫十三太保。"

从此，唐菖蒲多了一个难听的外号。

后来季白翻墙外出上网，被唐菖蒲发现并用竿子捅下来后，他就跟唐菖蒲宣战了。

"唐菖蒲，小爷我跟你没完！"

唐菖蒲也不示弱，把竹竿往肩上一扛，扬起下巴道："随时奉陪。"

学校规定了不能在教室里面吃东西，还会有老师不定时检查，被抓到了，就要扣班级分。

唐菖蒲多次强调过，季白依旧我行我素。

课间，季白拎着一份小笼包走进了教室。

唐菖蒲正做着题，突然就闻到小笼包的味道，她环顾四周，最后把目光锁定在季白身上。

"季白，放下你手里的小笼包！"

唐菖蒲拍案而起，长腿一迈，冲到了季白跟前。

季白刚消灭了一个小笼包，细嚼慢咽后，整个人慵懒地往椅子上一靠,语气带着些调笑:"哟,班长大人专制独裁惯了,就连小笼包都要抢了。"

"谁稀罕你那几个破包子,教室里不可以吃东西,你要么出去吃,要么……"

"要么怎么样?"季白继续挑衅。

"要么我帮你扔了。"

全班都知道他们两个是火药桶,一点就燃,从唐菖蒲站起来走到季白面前起,所有人都把注意力放在了他们身上。

两两对峙,大家感觉到他们周身正萦绕着一股淡淡的杀气。

唐菖蒲一只手撑在季白的桌子上,说:"季白,我不管你有没有吃早餐,但在教室里面吃东西是不被允许的,你——。"

唐菖蒲正说着,季白突然拿起一个小笼包塞到她嘴里。季白见她被小笼包堵住嘴说不了话,心情大好:"现在你也吃了小笼包,如果你要罚我,是不是连你自己也要罚?"

唐菖蒲被小包子堵住嘴说不了话,包子在她嘴里,她吐也不是,咽也不是。

周围的人还不嫌事大地起哄,这一次对决,唐菖蒲惨败。

过了没几天,班级清洁区因为打扫不干净被扣分。唐菖蒲一查,发现那天是季白负责打扫卫生,但他带着人去打球了,这才导致被扣分。

上一次对决惨败,这次找到了他的错处,唐菖蒲怎么会轻易放过他。

下午放学时,她拉住正准备跑出去打球的季白。

"季白,因为你没打扫清洁区,我们班被扣分了,今天罚你一个人把地扫干净。"

季白看着教室外的篮球场,那里有汗水、热血、激情,可他和篮球场中间隔着唐菖蒲。

季白虽然心里不满,但还是在唐菖蒲的监督下乖乖地拿着扫把去打扫清洁区了。

他们班的清洁区是学校交通的主干道,路两旁种满了梧桐树。现在正是秋天,梧桐树的叶子落了一地,远远望去,像铺了一层厚厚的地毯。

季白看着满地的树叶心烦,一旁监督他的唐菖蒲却念起诗来——

"梧桐真不甘衰谢,数叶迎风尚有声。"

季白翻了一个白眼,拿起扫把正准备开扫,又听见她念:"梧桐更兼细雨,到黄昏、点点滴滴。"

"唐菖蒲,你再念诗,信不信我一扫把扫死你?"季白咬牙切齿,唐菖蒲这才安分下来。

季白慢悠悠地扫地,唐菖蒲也不急,时不时还要指出哪里他没有扫干净,让他重新扫。

季白一边扫地一边咬牙切齿:唯小人与女子难养也,唐菖蒲两者都占!

季白和唐菖蒲就如同针尖对麦芒,两个人都太过锋芒毕露,但班主任对他们的恩怨一无所知，新学期安排座位的时候，竟然要他们两个做同桌。

两人知道班主任的安排后，一前一后跑到班主任的办公室表示自己有异议。

"我不要和她做同桌。"

"我不要和他做同桌。"

两个人异口同声。

班主任慢条斯理地抿了一口茶，说："给我一个理由。"

"我和他八字不合。"唐菖蒲率先抢下话语权。

季白"呵呵"笑了两声，说："八字不合？这都什么时代了，封建迷信可要不得。"

"你闭嘴！"唐菖蒲瞪了他一眼，"我让你说话了吗？你这上课爱说话的臭毛病就是改不了，你上课这样子，很容易影响我学习的。"

"你还恶人先告状，你上次在自习课上吃泡面，我说你了吗？以后你也别叫十三太保了，改叫脸皮太厚吧！"

"你……"唐菖蒲气急败坏道，"那你想翻墙外出被我一竿子捅下来的事我也没说，但是没想到你是这种人。"

"够了！"班主任见他们越吵越凶，就放下茶杯，拍了下桌子，说，"你们两个在老师面前吵成这样，像什么样子，我说话不好使是吗？都回去，我让你们坐哪儿你们就坐哪儿。"

随着班主任一声令下，季白和唐菖蒲成了一对"相恨相杀"的同桌。

成为同桌的第一天，唐菖蒲就在桌子上画了一条线，并且警告他:"不许超过这条线,不然小心我揍你。"

季白偏偏不听,长腿一伸,胳膊一挪,霸占了三分之二的桌子,然后一脸挑衅地看着她说:"不好意思,我的个头有点儿大。"

"傻大个儿!"唐菖蒲咬牙切齿道。

虽然成了同桌,但是他们依旧少不了给对方使绊子。

唐菖蒲数学不好,于是上数学课时,只要老师提问,季白总会帮她举手。

唐菖蒲暗暗地踩上季白一脚,慢吞吞地站起来。

"老师……我不会。"

"就是不会才要学啊,来,你上来试试解一下这道题。"

下午的课,季白一般都会趴在桌子上偷偷睡觉,每当这时,唐菖蒲就会把他摇醒:"季白,你怎么睡觉了?"

季白睁开眼,睡眼惺忪,就会看见老师投来的目光和唐某人奸计得逞的笑。

"季白,你给我站起来!"老师冲他喊。

那时候唐菖蒲就跟周可可是朋友了。周可可和不修边幅的唐菖蒲不同,她一直是很精致、很会打扮的女孩子。

因为长得漂亮,又会打扮,她出去逛街总容易被人搭讪。

邻校就有几个男生，天天放学在校门口等着她。

周可可怕得不敢出校门，作为班长兼好朋友的唐菖蒲看不下去了。唐菖蒲本就脾气差、性子急，又见周可可被吓成那个样子，放学后，她就从旁边的小卖部端了一盆水，气势汹汹地向那几个男生泼去。

唐菖蒲这一泼，虽然帮周可可解决了麻烦，却为她自己招来了祸事。

周六晚上唐菖蒲和周可可去逛街，逛完了，周可可的哥哥来接她。唐菖蒲因为家离得近，就拒绝了他们先送她回家的好意。

自己一个一米七的女汉子，还用得着让人送？

可这次唐菖蒲好像高估了自己的威慑力。

她为了能早点儿回家，选了一条平时很少人走的偏僻小路，刚走到一半就觉得身后有人。

她一回头，发现跟着自己的人竟然是被她泼过冷水的那几个邻校男生，不由得心里一惊。

唐菖蒲虽然平时大胆，但到底只是势单力薄的女孩，她认出那群人后，第一反应就是跑。

可女生在体能上还是没能比过男生，强悍如唐菖蒲没有跑赢他们。他们利用人多的优势，很快就把唐菖蒲堵进了死胡同。

唐菖蒲努力压下心中的恐惧，虚张声势地吼道："好男不跟女斗啊！"

有个男生笑道："可是有仇不报非君子，而且，滴水之恩应当涌泉相报，你泼我们一盆水，我们应该还你十桶。"

Chapter 01　李白和菖蒲花

另一个男生拿着一根棍子,把一旁的铁架子敲得发出巨响,他冲她吼道:"你吃饱了撑得没事干是吗?那么爱出头。"

唐菖蒲被那个声音吓得捂住耳朵,尖叫一声,她脑子里瞬间闪过许多少女被伤害的画面……唐菖蒲孤立无援,被围堵在胡同里,胡同幽深,透不进来丝毫光亮,从心底生出的恐惧席卷着她。

此时此刻,她多么希望有人从天而降,带她逃离这里。

"班长,如果你求我,说不定我会帮你。"熟悉的声音从胡同口传进来。

唐菖蒲循着声音看过去,借着胡同口微弱的光线,她看到了站在那里的人竟是季白。

胡同深处透不进光,胡同外面却是灯火通明。他站在黑暗与光明交融的地方,身体一半藏于黑暗,一半迎接光明,唐菖蒲慌乱的心渐渐安定下来。

"你……"

唐菖蒲气不过他这种时候还逗她,可是她现在唯一能求助的人只有他。

那几个男生回过头,看见季白一个人站在那里,不屑道:"你小子谁啊,别想着英雄救美了,哪儿凉快待哪儿去。"

季白耸耸肩,说道:"巧了,我刚刚转了一圈,就这里最凉快。"

"你小子找抽……"

拿棍子的男生朝着嚣张的季白走去,他气势汹汹,想要给季白一点儿教训,但他低估了季白,高估了自己。

季白在他挥棍之前灵活躲开，然后伸手夺过棍子，又迅速抬脚踹在男生的小腹上，趁着所有人都去扶他的时候，季白冲上前拽住唐菖蒲的手，大喊一声"跑"。

　　季白拉着唐菖蒲飞快地向外跑去，她跟在他身后，大脑还在发蒙，身体却已经不由自主地跟着跑了起来，巷子里的黑暗被他们一点儿一点儿甩在身后。

　　唐菖蒲看着季白的背影，心里好似有什么东西在挣扎着破土而出。

　　他们一路跑到灯火璀璨的街道上，令人恐惧的黑暗散去，光明笼罩住他们。

　　在奔跑时，唐菖蒲感觉胸腔里面的心猛烈地跳动起来。那一刻，周遭的一切都自动褪色了。在唐菖蒲眼中，只有季白在发光。

　　他们跑了很久，才彻底摆脱那些人的追捕。停下来后，两个人蹲在广场的台阶上喘气然后相视一笑，笑得没心没肺。

　　笑够了，唐菖蒲问他："对了，这大晚上的，你怎么会去那里？"

　　季白戳了一下她的脑门，语气不善："谁大晚上往那种地方跑啊，我是跟着你进去的。你也太高估自己了，大晚上往巷子里面钻。"

　　唐菖蒲这次是真的怕了，难得没有反驳他，她有些不好意思地摸摸鼻子，说："从那儿走，离我家近……"

　　季白见她难得认怂，突然心情不错，道："你啊，也就能拿竿子吓唬吓唬我。"

Chapter 01　李白和菖蒲花

季白送唐菖蒲回家。一路上，唐菖蒲都出奇地安静，季白自然认为她是被吓到了才这么安静。

"那些人也就是想吓唬吓唬你，以后你回家的路上小心点儿，晚上不要往人少的地方钻，就没事了。"

唐菖蒲从小被当成男孩子养，不能撒娇，不能任性，不能无理取闹，风风雨雨她都要自己扛。

她习惯了坚强，习惯了独立。所以，季白突然闯进她内心最柔软的地方，这让她有些无所适从。

她害怕自己的小心思被发现，也因为强烈的自尊心，让她拒绝承认这份因他而起的陌生情愫。

上自习课的时候，值周班干要坐到讲台上维护纪律，那天正好轮到季白。唐菖蒲的位置正对讲台，她做卷子时偶然抬头，就会对上季白投下来的目光。

但结局都是她惊慌失措地移开视线。

她这是怎么了？

唐菖蒲理不清，却清楚地知道，自己没那么讨厌季白了。

因为这个，唐菖蒲对季白的关注更多了。

季白本就不是安分的主，平时逃课翻墙什么的都是家常便饭。唐菖蒲逮到过他好几次，每次都恶狠狠地警告，他就是不听,被训完之后还是会顶风作案。

唐菖蒲气不过,就在开班会时当着全班人的面指着他说:"季白,全班最不安分的就是你,以后你能不能给我安分点儿?"

面对唐菖蒲气势汹汹的样子,季白也不恼,任由她说。

那时候唐菖蒲身高一米七,跟男生比也不算矮,可往季白面前一站,还是矮他近一个头。

她仰视着教训季白,这个样子有一种说不出的反差感,这种反差感让张牙舞爪的她在气势上会弱很多。

季白看着她,莫名想起短手短脚、看上去凶巴巴实际上却可爱到不行的动漫卡通人物。他想笑,可是他知道自己在这种严肃的场合笑场很不合适,所以还是忍住了。

唐菖蒲没有察觉到他在走神,继续训着他。季白怕自己忍不住,突然伸出双手放到她腋下,把她提抱起来,放到一旁的椅子上。

唐菖蒲的视野瞬间宽阔了很多,但她却被他突然的动作搞得有些蒙,还没有反应过来之时,就听见他说:"你还是站在上面教训我吧,不然我老是想笑。"

教训人呢,他能不能严肃点儿?

平时张牙舞爪的女班长被人像小鸡一样拎起来,样子还真的有点儿萌。

唐菖蒲虽然处处针对季白,但是她又有一个极怪的想法:季白只有她能欺负,别人休想!

有一次课间休息,唐菖蒲正在跟周可可聊天,一个男生冲进来大喊道:"菖蒲,菖蒲,你快点儿去看看吧,季白在厕所门口跟二班的人打起来了！"

她站起来往外走，心想，季白这小子皮又痒了。等她跑到男生厕所门口时，季白已经和那个男生扭打在地上，很明显占据上风。

季白骑在那个男生身上准备挥拳，唐菖蒲就冲上去拉住了他。

季白回过头，看见是她，转头冲那个通风报信的男生喊："谁让你把她喊来的！"

唐菖蒲用力地把他拉起来。见有人阻拦，其他人这才敢上前。二班被打的那个男生也被同学扶了起来。

唐菖蒲站在两个人中间，防止他们再打起来。

她问季白："为什么打架？"

季白理直气壮道："我手痒，看他不顺眼，想打就打了。"

唐菖蒲踹了他一脚，说："你还挺横。"

唐菖蒲问季白也问不出所以然来，但是见被季白打的那个男生伤得比较重，就潜意识认为是季白先动的手。

她想着先道个歉，再回去修理季白。

季白却不让她道歉，他说："你道什么歉？你敢道歉，信不信我再打他一次？"

季白这么横，那个男生自然不甘心了，虽然打不过，但是气势上不能输。

"有本事换个地方继续打？谁怕谁啊！"

季白一听，火气又上来了，冲上去就要挥拳头，那个男生也甩开同学，眼看着两个人又要扭打在一起，唐菖蒲就想着推开季白,情急之下却扑到了他怀里。她抱着他的腰,把他往后拖了几步。

那个男生也被其他同学控制住。

季白被她突如其来的"投怀送抱"弄得有些手足无措,整个人僵在了那里。

反倒是唐菖蒲粗神经,没意识到自己的举动过分亲昵,见季白安分了,她才松开他。

那个二班的男生刚才被打得有些严重,又被这么多人看着,面子上过不去,恼羞成怒地冲他们骂道:"你们一班的人也只会打架闹事了,一群学渣,难怪上次月考你们的平均分比我们的低。"

季白很无奈,说:"打架就打架,打不过就骂整个班,你怎么回事啊?"

"有什么样的老师就有什么样的学生,我听说你们班主任连自己老公都管不住,自然也管不了你们。"

他们班主任的老公出轨,班主任就跟他离了婚,自己带小孩子生活,这是全校都知道的事,可从那个男生嘴里说出来,就变得很尖酸刻薄。

季白一听就怒了,撸起袖子又要冲上去。

"你还有力气胡说八道,看我这次不把你打到说不了话!"

"你等等。"唐菖蒲拦住季白,说,"这次我来解决。"

唐菖蒲转身走到那个男生面前,和他对视了一会儿。

"你……你要干什么?"唐菖蒲的气场过于强大,那个男生有些怂。

Chapter 01　李白和菖蒲花

"我没想干吗。"唐菖蒲突然笑了一下,然后趁他不注意,一拳重重地打在他的肚子上。

唐菖蒲打完后帅气地甩了甩胳膊,居高临下地看着因为吃痛蜷缩蹲下的男生,道:"祸从口出你知不知道?九年义务教育难道就只让你学会了尖酸刻薄吗?"

一班、二班作为重点班,"明争暗斗"许久。

其他同学也见不得班主任被说,七嘴八舌地维护着老师,十几个人声势浩大地争论着。

意气用事的结果就是发生肢体冲突的人都受到了处分,而唐菖蒲是里面唯一的女生。

作为矛盾的主要人物,季白、唐菖蒲和二班的男生被要求做检讨。

季白一看就是老手,念得一套一套的。轮到唐菖蒲了,她盯着检讨书老半天,就是不说话,下面的同学都开始窃窃私语了。

"唐菖蒲,干什么呢?快点儿念检讨书。"年级主任催促道。

唐菖蒲幽幽地看了年级主任一眼,然后开始念:"尊敬的学校领导,您好,我是一班的唐菖蒲。因为挑起两个班同学的矛盾而接受处分,对此,我十分后悔。如果下次遇到这种情况,我一定不会再犯了。"

不久之后便是校运会,唐菖蒲是典型的四肢发达选手,她运动细胞强,大手一挥,包揽长跑短跑项目,连季白都忍不住调侃她:"哟,班长,您这是要为以后参加奥运会做准备啊。"

唐菖蒲白了他一眼,说:"没人参加项目,我们会拿不到团队分,我不上,难道你上啊?"

季白劝了好久,唐菖蒲才把其他项目画掉,只留了1500米长跑和200米短跑。

唐菖蒲的比赛很顺利,200米短跑她拿了第一。

1500米长跑被安排到最后进行。

唐菖蒲贴上号码牌上场,她走到起跑线,发现自己两边竟然都是二班的人。

她感叹了一句"冤家路窄",也就没把她们放在心上。

等裁判举旗、鸣枪,运动员开跑后,唐菖蒲才发现自己还是太掉以轻心了。

她们几个人从开跑起就围堵唐菖蒲,一前一左一右,围得那叫一个结实。

1500米长跑最消耗体力,唐菖蒲还被那些人堵着,跑最后一圈的时候就已经体力不支了。

其中一个女生看准时机,重重地撞了唐菖蒲一下,她被撞倒在塑胶跑道上,膝盖和手掌与跑道正面摩擦,破皮出了血,钻心的痛感传来,加上体力不支,她蒙了好久都没有站起来。

"唐菖蒲!"季白准备越过警戒线去扶她,她却阻止了他。

"你不要过来!"

唐菖蒲站起来,咬牙忍住疼痛,又开始跑。还剩200米,她怎么可以不跑?

"唐菖蒲,你疯了!"季白喊道,"你是不想要命还是不想要腿了?"

唐菖蒲不听,忍痛铆足了劲儿往前跑,她的视线开始模糊,耳边的加油声也在消失,只有胸腔里的心脏还在叫嚣着。

季白最清楚她的倔脾气,只能到终点等着她。唐菖蒲一跑到终点,季白就接住了她。她倒在他怀里,眼睛一闭,彻底昏睡过去。

唐菖蒲的膝盖伤得比较重,走路都是瘸的。

季白当然不会放过这种嘲笑她的好机会。

他跟在她身后,笑了一路。她一忍再忍,最后忍到教学楼下爆发了。她回头瞪了季白一眼,然后一只脚跳到他面前,抬手就要打他。

季白弯下腰,躲过唐菖蒲的攻击,然后趁她不注意,把她扛在肩上,长腿一迈,带着她上了楼。

唐菖蒲整个人都蒙了,以至于忘记了挣扎,等季白把她扛到教室,在大家的起哄声中把她放到座位上,然后在她面前打了一个响指之时才回过神来。

关于唐菖蒲被撞这件事,其实还有后续。

校运会过后就是篮球赛,班里的人咽不下这口气,点名要跟二班的人打球。

比赛那天,季白穿着白色的 5 号球服,怀里抱着篮球。

他拍了几下篮球,对她挑眉一笑:"你好好待着,看小爷我怎么替你报仇雪恨。"

唐菖蒲坐在观众席上,看着篮球场上的季白,鼻子一酸,心头被什么东西塞得满满的。那时候她不知道那种感觉是什么。

后来时光漫漫,浑身带刺的她经过岁月的打磨,收敛了身上的刺,她才渐渐明白,那是被人保护才有的安全感。

一班的勇士不负一班女生众望,成功碾压赢得了比赛。

其他男生忙着得意的时候,季白已经穿过人群,走到她面前,向她伸出手。

唐菖蒲皱着眉,他却毫不见外地牵起她的手。

唐菖蒲被季白拉起来,他冲她笑了笑,然后牵着她一步一步走下观众席,再趾高气扬地穿过二班的人群。

唐菖蒲被他牵着跟在他身后,就这么一步一步跟着。他带着她穿过人群,走出篮球场,走过那条开有三角梅的青石板路。

虽然唐菖蒲已经控制自己抿住嘴角,可笑意还是悄悄地染上了眉梢。

季白长得好看,成绩好,体育好,用现在的话来说就是学校里众多小迷妹的偶像,给他送小礼物的人从来没有断过。

唐菖蒲表面不在意,内心却异常苦涩,同时她又挺羡慕那些人的。

现在她才明白,若真心喜爱一个人,反而会内心酸涩,说不出话来,甜言蜜语,多数说给不相干的人听。

内心的自卑也会在情愫悸动时被诱发出来。唐菖蒲见多了季白身边漂亮会打扮的姑娘,开始思考自己的穿着打扮,第一次为自己的长相发愁。

Chapter 01　李白和菖蒲花

　　唐菖蒲从第二个学期起蓄起了长发，到了第三个学期，她的头发已经齐肩了。蓄起长发的唐菖蒲少了留短发时的尖锐，气质也柔和了不少。

　　有一次唐菖蒲去办公室找班主任，正巧碰上毕业的学长回来看老师。那个学长一看见她，眼睛里就燃起了小火苗，等她出了办公室，学长走上前，递给她一张名片。

　　"我是摄影师，你的身高和形象完全符合专业模特的要求。我最近参加了一个比赛，不知道可不可以邀请你做我的模特。"

　　唐菖蒲觉得是骗人的，就拿着名片去问周可可，周可可拿着名片研究半天，还去网上查了资料，最后摇摇头说："网上说，有人会用这种手段诱骗大学生。"

　　两人对视一眼，最后决定去找老师。

　　没承想老师却很支持她，还找了许多奖项来证明学长的专业性。

　　唐菖蒲就这么成了学长的临时模特。

　　那是她第一次化妆，第一次穿高跟鞋。在她穿着黑色小礼服站在镜头前完成拍摄后，周可可握着她的手，认真道："菖蒲，你知道什么叫锋芒初露吗？"

　　因为害羞，唐菖蒲当学长模特的事学校里只有周可可和班主任知道。她以为拍完照片就没事了，可是她低估了学长的能力，他竟然拿了比赛的第一名。

　　获奖的相片登上了当地小有名气的杂志封面，而他们学校门口的报刊亭就有卖这本杂志。

　　然后，唐菖蒲火了。

学长也是实在，在获奖感言里提到了她的班级和名字，然后大家就拿着这本杂志来跟她做对比。

"菖蒲，原来你可以这么漂亮。"

唐菖蒲不喜欢这种氛围，正想赶走他们，却吵醒了正在睡觉的季白。

季白揉揉眼睛，见围着他们的人都拿着一本杂志，就看了一眼。然后，当他看见封面时，唐菖蒲明显看见他眼中有惊艳闪过。

惊喜涌上心头，唐菖蒲突然明白那句"女为悦己者容"是怎样的一种美好了。

等他们走后，季白看了看杂志，又看了看她，最后扬起嘴角，笑道："你变漂亮了，以后就不能再干用竿子捅我，或者冲进男厕所的事啦。"

唐菖蒲表面上嫌弃他，拍掉他的手，转身却勾起嘴角笑了。

他说她漂亮呢。

第二学期，学校要求体检，唐菖蒲在整理体检表时发现了季白的一个秘密——他色弱。

唐菖蒲可不会放过嘲笑他的机会，她缠着他，拿着各种颜色的东西问他："季白季白，这是什么颜色？"

季白一直臭着一张脸，不回答。

有一次在走廊上，唐菖蒲跟在他身后，问他外面开的花是什么颜色。唐菖蒲跟得紧，他烦不胜烦，突然定住身体，猛地转身。

唐菖蒲没料到他会突然停下来，撞在了他身上，踉跄几步

Chapter 01　李白和菖蒲花

后就要往后倒,他手疾眼快,扶住了她。

唐菖蒲在慌乱中抬眼,对上他藏有星河的眼睛。

"我是分不太清红绿色,也认不太清色弱测试表上的图案,可是我知道你穿的衣服是什么颜色,这不就够了。"

那一刻,云烟缥缈,万古沉寂。

他们的眼中只有彼此。

等唐菖蒲回过神来,脸一红,推开他就往教室跑。等她坐到座位上回头,却看见季白站在夕阳的余晖里,冲她笑得温柔。

他们所在的小城地处南方,属于温带气候,冬天几乎不下雪。可是那年的冬天却很罕见地下起了大雪。

那天是圣诞节,唐菖蒲叫了几个男生跟她出去买苹果,准备发给同学们当礼物。人高马大的季白自然被拉去当苦力。

等他们买好苹果,已经是晚上了。

因为买得多,老板就帮他们把苹果送到校门口,他们只需要把苹果从校门口搬到教室就可以了。

算好数量,每个人抬两箱苹果就可以搬完。其他男生各抬着两箱苹果就走了,剩下季白和唐菖蒲。唐菖蒲也不含糊,撸起袖子,抬起两箱苹果就要走。

季白却拦住她,然后抢过她手里的一箱苹果,和自己的两箱叠在一起,他有些吃力地把三箱苹果抬起来,对她说:"这三箱苹果是我的,你抬那一箱就够了。"

"我又不是抬不动。"唐菖蒲伸手要拿回那箱苹果,却被季白一个转身躲过了。

唐菖蒲撇了撇嘴没说话,季白也没理她,迈开步子就往教室里走。

　　唐菖蒲愣了愣，才跟上去。冬日的路灯昏黄，唐菖蒲跟在季白身后，正走着，突然觉得眉心一凉。她抬起头，就看见从天空飘落的雪花，小小的"白羽毛"混着温暖的灯光缓缓飘下，又像吹落的梨花瓣，零零落落。

　　"下雪了。"她道。

　　季白也停下脚步，抬头道："还真的下雪了啊。"

　　在南方长大的孩子很少见到雪，唐菖蒲惊喜地尖叫一声，然后放下那箱苹果，伸手去接晶莹的雪花。

　　季白见唐菖蒲玩性大，也就没叫她，自己把苹果搬回教室后才来找她。教室里的学生也发现下雪了，纷纷跑出来，操场上瞬间挤满了人。季白找了好一会儿，才找到撒欢乱跑的唐菖蒲。

　　雪下大了，她也玩够了，跟着季白回了教室。

　　别人在教室里面吃苹果，唐菖蒲就一个人跑到走廊上看雪。

　　她伸手出去接雪花，雪花在她的掌心融化，她的手被冻得通红。

　　可唐菖蒲却乐此不疲。季白跟了出来，问她："雪真的这么好看？"

　　"嗯。"唐菖蒲点头。

　　"其实有比初雪更好看的东西。"

　　"什么？"

　　"初恋。"他道。

　　唐菖蒲的心咯噔一响，她把视线从漫天雪花中收回，转头看向他。

Chapter 01　李白和菖蒲花

季白突然抿嘴笑了，他从身后拿出一个漂亮的红蛇果，塞到她手里。

"送你一个果子。"他伸手揉揉她的帽子，"看在今天下初雪的份上。"

唐菖蒲捧着红蛇果，眼里倒映的是他的样子。真的有比初雪更好看的东西。

季白送的红蛇果唐菖蒲没舍得吃，她放到冰箱里保存着，可冷藏室保鲜不了多久，她干脆将它放到冷冻室里，把果子冻成冰块。后来有一次停电，冰化了，果子就烂了。

也许是一个预兆吧。红蛇果烂掉后不久，季白家就出事了。

他爸爸出轨，他妈妈要离婚。他要跟着妈妈转学离开。

季白在办公室跟老师说转学的事时，唐菖蒲进去交作业，正好听见了。

"你要转学？为什么？这都准备考试了。"

"因为家里的问题。"他没有明说。

唐菖蒲交完作业出来，季白也跟着她出来了。他跟在唐菖蒲身后，跟了她一路，终于在进入教室前拉住她。

"我要转学了，你有什么话要对我说吗？毕竟我们做了两年多的同学。"

唐菖蒲转了转眼珠子，说："一路顺风？"

季白的眸子明显暗了下去。

唐菖蒲不是不伤心难过，而是已经被他要转学这个晴天霹雳整蒙了，她不知道该做出什么样的反应。

她一连好几天都是蒙的。

唐菖蒲不想让他走,可是她不敢挽留,她没勇气也没资格去挽留他。

季白依旧是没心没肺的样子,转学手续都在办了,他还是无所事事地在她旁边睡觉。她心里堵得慌,就撒气似的把他摇醒。

"别睡了别睡了。"

季白迷迷糊糊地坐起来,抱怨道:"我都要走了,你还这么凶啊。"

"你要走赶紧走,老在我眼皮子底下晃,烦人。"唐菖蒲说完就恨不得扇自己一巴掌。

季白要走,同学们给他办了一场践行会,该吃吃该喝喝。

唐菖蒲看着闹心,就一个人走到走廊上吹风,顺便控制一下自己的情绪,不要在冲动之下做见不得人的事。

她正伤感呢,就有一只手伸过来,在她面前打了一个响指。

她转过头,发现来人是季白。

他向她张开双臂,说:"我给全班人都送了告别拥抱,你作为班长和我的同桌,当然不能落下。来,抱一个。"

唐菖蒲看了他好一会儿,说:"算了吧。"

她的话还没说完,季白就把她拉进怀里。她的脸埋进他怀里的一瞬间,突然鼻子一酸。唐菖蒲很想告诉他,她想告诉他,她不想让他走。

可她最终什么都没有做。

第二天,季白就收拾东西走了,其他人要帮忙,他都婉拒了,说:"就这点儿东西,有菖蒲一个人帮我就够了。"

Chapter 01 李白和菖蒲花

　　唐菖蒲帮他抱着几本书,送他到了校门口。出校门之前,季白说:"以后我们可能就很难见到了。这样吧,我送你一个东西,只要你说,只要我有,我都给你。"

　　唐菖蒲的内心掀起惊涛骇浪,可那句"我想要你留下来"到了嘴边却变成了"算了吧,你都要走了,我就不坑你了"。

　　他耸耸肩,说:"那就先欠着,等以后我们有缘再见面时,我再给你也不迟。"

　　季白拿过她手里的书,说:"我走了啊。"

　　季白走后,唐菖蒲魂不守舍地过了一个多星期,然后终于在一次梦魇后情绪崩溃,哭着给周可可打电话。

　　直到那一刻,她才卸下心防,把用来保护自己自尊的保护罩放下。

　　她父母怎么也想不到,自家女儿上大学会去学服装表演,成为一名模特。

　　只有周可可知道,那是她的理想,人生第一次收获别样赞美便来源于那次拍摄。

　　二十六岁的唐菖蒲凭借着高挑的身材、强大的实力和出众的美貌,成为近年来频繁亮相各大国际秀场的中国模特。

　　现在的她已经从丑小鸭变成了真正优雅高贵的黑天鹅。

周可可问过她:"菖蒲,季白对你来说意味着什么?"

唐菖蒲想了想,勾唇笑得明媚。

"他啊,是执念,是青春,是初恋,是梦想的种子在萌芽,也是心最初开始的地方。"

回忆结束,唐菖蒲托腮看向窗外。

"那是我最后一次见季白。"

"暗恋,单相思,有谁会想到我们的唐名模有这么心酸的一段感情往事呢。"周可可感慨。

在确定了季白会出席婚礼后,国际名模唐菖蒲开始紧张了。

她有多久没见季白了?八年,好像更久。

她那被岁月尘封的悸动好像又因为季白回来了。

她想见他,又怕见到他。

周可可见状,调侃道:"很久之前我就说过,你只有在季白面前才有这一面。"

婚礼当天是圣诞节,满大街都是节日的气息。

周可可穿着洁白的婚纱,坐在梳妆镜前补妆。

唐菖蒲站在窗前,突然想起那年的圣诞节,季白送了她一个红蛇果,对她说:"初恋比初雪更好看。"

这么多年,她在世界各地跑通告,雪已经看腻了,可记忆中的少年依旧眉眼如初。

为了撮合他们,周可可还故意安排他们坐一桌。可是其他位置宾客都入座完了,季白的位置还空着,唐菖蒲不免有些失落。

她是周可可的伴娘,长得又漂亮,自然有男士想来搭讪。她心情不好,就独自走到外面的小阳台待着。正对着外面的风景发呆时，突然一只手伸出来，在她眼前打了一个响指。

唐菖蒲一惊，回过头。

记忆中青涩的少年隔着八年的光阴，跟眼前这个西装革履的男人重合。

"好久不见，唐菖蒲。"

"好久不见，季白。"

两个人几乎异口同声。

唐菖蒲的眼里突然蓄了泪，不知道是风吹的缘故还是因为眼前的人。

季白耸耸肩，说："你今天很漂亮，刚刚我差点儿认不出你。"

"谢谢。"

多年未见，时光磨灭了他们之间的熟悉感。唐菖蒲怕自己失态，找了一个借口跑回大厅。周可可正在给宾客敬酒，她就把周可可拉到角落里。

"季白来了？"周可可一猜就中。

"嗯。"唐菖蒲点头，小心翼翼地探头看向阳台，看见季白还在那里后，又迅速把头收回来，"我该怎么办？"

"该怎么办就怎么办啊，你不是跟我说了吗，你已经攒够了勇气，能够去跟他说一句我喜欢你吗？"

唐菖蒲还是心慌，周可可紧握她的手，给了她一些勇气。

这次因为周可可的婚礼，来了很多许久未见的同学，新郎新娘忙着敬酒应酬，同学们就凑到一起聊家常玩游戏。俗套的"真心话大冒险"是聚会万年不衰的热门游戏。唐菖蒲和季白面对面坐着，因为一抬头就看见对方，唐菖蒲怕尴尬，就一直转头和旁边的女同学聊天。

她忙着逃避尴尬,玩游戏就心不在焉,一不小心就输了。

唐菖蒲倒也大方,撩起耳边的头发,说:"真心话吧。"

一听她选真心话,角落里有个男生就开口了:"咱们班跟班长关系好的,就周可可和季白了。周可可现在忙着敬酒,那就从季白开始问吧。"

唐菖蒲看过去,正好对上季白的目光,她怕尴尬,就对着他笑了一下,他也笑着说:"班长,如果你求我,我可能会手下留情。"

唐菖蒲耸耸肩,说:"我无所畏惧。"

这是要爆猛料的节奏啊,同学们都被勾起了兴趣。

季白想了想,最后竟然问道:"你有男朋友了吗?"

大家很是失望:我们那么期待,你就问这个?

唐菖蒲也笑了,爽快地答道:"没有。"

"以前大家都看出来了,班长和季白表面上针锋相对,实际上意气相投,季白肯定会护短。来来来,我来问,保证问到你们想知道的。"一个女同学瞧出端倪,凑到唐菖蒲旁边发问。

"菖蒲,现在追求你的对象中,你有没有中意的?"

"没有。"

"你有喜欢的人吗?"

唐菖蒲顿了顿,她看了季白一眼,说:"有。"

"哦!"大家都意味深长地叫了一声。

下一轮轮到季白,他也选的真心话。

有人问:"你做过耗费时间最长的事是什么?"

Chapter 01　李白和菖蒲花

季白的视线扫过唐菖蒲，虽然他的目光没有在她身上停留，可她却心里一惊。

季白思索了好一会儿，说："我喜欢了一个女孩好久。"

"那你们在一起了吗？"

"没有。因为在那之前，我没有喜欢过别人，她是第一个。我怕我做得不好，让她觉得爱情也不过如此。"

唐菖蒲突然有种预感，她觉得季白说的人是她，可又不敢肯定。她甚至不敢直视他的眼睛，怕每个眼神都像在表白。

酒过三巡，有人喝醉了，人群陆陆续续散开，唐菖蒲一个人留在沙发上。有个喝醉的男生突然扑到她面前，醉醺醺地对她说："菖蒲，其实我一直都觉得你和季白会在一起。"

唐菖蒲的心咯噔一下，她看向不远处的季白，眉目俊朗的男人正举着红酒杯跟人应酬，隐约间她还可以看见当初那个少年的模样。

那个男生见她分神，就拉了她一下，说："真的，我一直都是这么认为的，季白在男生厕所门口跟人打架的事，你还记得吧？"

唐菖蒲想了想，说："记得，那是我第一次做检讨。"

"那你知道季白为什么无缘无故打人吗？"男同学顿了顿，又说，"你不知道。他不让我说，所以你不知道。因为二班那个男的说你是男人婆，是《水浒传》里的母大虫。他气不过，就冲上去打人了。其实当初我觉得那个男的说得也没有错，那时候你就是男人婆，可是季白不允许别人这么说，我就觉得吧，他对你是特别的。"

唐菖蒲一顿，原来当初事情是这样的啊。

正好季白跟别人谈完话走过来，见那个男同学半个身子倒在唐菖蒲身上，脸色有些不自然，他走过来把那个男生拉开。

"你们在聊什么？"他问唐菖蒲。

"没……没什么。"唐菖蒲突然有些紧张。

新郎新娘敬酒流程已经结束了，人群突然喧闹起来，一群人挤在一起，叫嚷着要闹洞房，唐菖蒲心里紧张，不想独自面对季白，便站起身跟了过去。

季白也跟过去，说："你也要闹洞房？"

唐菖蒲笑了一下，说："不，我只是看看热闹。"

婚礼结束，季白和唐菖蒲两个人出了酒店，准备回家。

季白站在她面前，跟八年前他转学离开前那样对她说："那我走了。"

"那个……"唐菖蒲顿了顿，终于鼓起勇气说，"其实天还没晚，我们还可以走一走……对吧？"她小心翼翼地看着季白的反应，季白却突然笑了。

"好啊。"

季白眉眼间都带着笑，一双含情眼灼灼地看着唐菖蒲。唐菖蒲心头滚烫，想避开他的目光，却又不忍避开。

他们并肩走在大街上，正走着，唐菖蒲眉心一凉，她抬起头，发现天空纷纷扬扬飘落着雪花。

"是初雪啊。"季白道，"不知道这么多年过去，班长是不是还觉得初雪最好看？"

"不。"唐菖蒲摇头，别过脸看向季白，认真地说道，"最好看的是我喜欢的那个人。"

唐菖蒲说完却不敢看他,像鹌鹑一样垂下头,少女时期的情愫随着初雪一起迸发,她心里忐忑,害怕是自己自作多情。

季白却笑道:"最好看的是你。"

唐菖蒲猛地抬头,对上他炽热的目光。

季白不好意思地挠挠头,在外人面前雷厉风行的大男人,在喜欢的人面前还是会变得像情窦初开的小男孩一样。

"其实,这些年你的每一场走秀我都看了,我并不是一个关注时尚圈的人,但我会关注关于你的每一条消息和每一次动态。"季白突然缄默,他认真地看着唐菖蒲,仿佛想从她精致的脸上窥探她以前的模样。

他认真喜欢了很久很久的姑娘,那个像丑小鸭一样的姑娘,终于长成了优雅的白天鹅。他的眼睛里晕染出别样的情绪,唐菖蒲抬眼和他对视。

"你为什么要看?我有那么好看吗?还是说,你喜欢我?"

季白没料到她会这么直接,他愣神半响,一时间失去了发声的能力。

话已经说到这个份上,唐菖蒲几乎以一种自我放弃的态度豁然道:"季白,你是不是喜欢我,像我喜欢你一样喜欢我?"

季白被她突如其来的告白惊住了。

他喜欢的女孩子还真的是很直接啊!

他突然紧紧拥住唐菖蒲,说:"唐菖蒲,虽然你抢走了我的台词,但我确实喜欢你,是想和你共度一生的喜欢。"

圣诞夜的初雪和初恋一起来到了她身边,细小的雪花纷纷扬扬，季白抱起她，浪漫地转了一圈，突如其来的眩晕感让她发出短暂的尖叫声。

他曾经为了拥抱她，而拥抱了整个班级的人。

Chapter 02

是什么让我遇见这样的你

"哪有什么主唱是非你不可的,
只是恰好乐队缺个主唱,我缺个女朋友罢了。"

01

周六晚上,白时笑洗完澡,泡了一杯香甜的奶茶,裹着毛茸茸的小毯子坐在电脑前准备看剧,可屁股刚坐热乎,敷着面膜的舍友就来扯掉了她的耳机。

"笑笑,许容墨又在宿舍楼下唱歌了。"

耳机一摘下来,白时笑也听到了吉他声。

他唱的是汪峰的《无处安放》,清脆悦耳的吉他声配上少年温润磁性的声音,很让人心动,可当这一切进入白时笑耳中时,她却觉得十分烦人。

白时笑拳头一握,白牙一咬,掀了毯子拍案而起,"嗵嗵嗵"跑下楼。

再说许容墨,他用 DIY 小彩灯围了一个心形,然后坐在心形里面弹唱,还带了音箱和麦克风。他唱歌好听,长得也好看,没过多久,他的周围就围了一圈女生。楼上的女生也趴在阳台上往下看,他唱到高潮处,还引起了大合唱,场面堪比个人演唱会。

可白时笑没心情欣赏,她气势汹汹地走上去,把音箱的电源拔了。

"嘟"的一声,许容墨的个人演唱会到此结束。

那些围观的女生不免觉得扫兴,许容墨却放下吉他,高兴地站起来。

"白时笑同学,你终于下来了。"

"废话,我不下来,你还不唱个通宵啊!"白时笑语气不善。

许容墨一听,面露喜色:"那你是答应了?"

"不可能。"白时笑斩钉截铁地拒绝。许容墨闻言,眸子里的光都暗了。

围观的人突然开始起哄,齐声高喊"答应他""在一起"之类的话。

这是大学里常见的告白场景。奈何郎有情,妾无意。

白时笑看着周围起哄的人,在心底冷笑一声。哼,你们都被许容墨这副深情的样子欺骗了!他每晚都跑到她的宿舍楼下唱情歌,才不是为了让她做他的女朋友。

作为学校里兼具颜值和才华的校园偶像,许容墨不缺追求者,可是他的乐队缺个主唱,而他正好看上了白时笑的声音,才有了这一出"郎有情,妾无意"的戏码。

至于许容墨是怎么发现白时笑的声音特别的呢?

用许容墨的话来说,就是天意。

用白时笑的话来说,就是孽缘。

02

大一开学不久,艺术细胞活跃的许容墨就成立了一个乐队,他找好了贝斯手、鼓手、键盘手,就是缺主唱。

他把学校里认识的不认识的,只要会唱歌的女孩子都找了一遍,结果都不满意。大家都劝他,随便找个人或者他自己当主唱就好了,何必那么折腾呢,可他就是不肯。

这时,许容墨在KTV遇见了白时笑。

那天是许容墨朋友的生日,一大群人聚在KTV玩。中途许容墨出来上厕所,顺便在走廊上透气,突然就听见了女孩子的歌声。

KTV的隔音效果虽然好,可站在门边还是能听得见,歌声就从他身旁的包厢里传出来,他透过门上的玻璃看进去,就看见了白时笑。

与其他包厢里闹哄哄的气氛不同,这间包厢里只有白时笑一个人。

她穿着黑色白领的衬衫,下身是文艺的白纱裙,站在包厢中间,拿着麦克风在浅浅吟唱,KTV紫色的灯光投射在她身上,那是令人心动的梦幻美景。

她唱的是《是什么让我遇见这样的你》,歌声干净、空灵,许容墨的脑海里突然炸出一团火花。

就是她了!

许容墨在门口听得入迷,以至于里面的白时笑唱完了,他都没有回过神来。反倒是朋友的大声催促声惊住了他,许容墨摆了摆手,推开门走进去。

"我在门外站了好一会儿了,你唱歌真的好听。"

"谢……谢谢。"面对陌生人的称赞,白时笑显得有些腼腆。

许容墨看着她,突然挑眉一笑,说:"那什么……能加个微信吗?"

白时笑被他"人畜无害"的脸骗了,很快地就把自己的微信给了他。加了微信之后,两人客套地聊了几句,通过简短的交谈,竟发现对方是校友。而他也说出了自己加她微信的真正目的。

"白时笑同学,我想邀请你做我乐队的主唱。"

白时笑想都没想就拒绝了,许容墨却是执着的主儿,从那天起,他就每天跑到白时笑的宿舍楼下唱歌,从深秋唱到初冬,大有白时笑不答应他,他就唱到海枯石烂的执着。

当初在KTV相遇,白时笑以为许容墨是贪图她的美色才加了她的微信,后来才发现他是另有企图。所以说她现在受到的"骚扰",都是当初脑子进的水。

许容墨显然不知道什么叫知难而退。

白时笑已经很明确地拒绝过他了,她是不可能答应他去当乐队主唱的。

可他依旧缠着白时笑不放。

白时笑找了做图书管理员的兼职,平时没课的时候,她就去图书馆打工,许容墨平时没课的时候,就跑去图书馆"骚扰"她。

她在整理书籍时，许容墨会突然出现，抢过她手里的书帮她整理，她刚想说声谢谢，他就转过头来，说："加入我们乐队吧。"

白时笑脸一沉，说："不要。"

她拖地时，许容墨也会来帮忙，他站在哪儿白时笑就故意拖哪儿，他被拖把弄得无处放脚了，还不忘嚷嚷："白时笑同学，加入我们乐队吧。"

白时笑一拖把挥过去，说："我拒绝。"

有一次白时笑要上早课，因为忘了调闹钟起晚了，就没来得及吃早餐。课上到一半，她就饿得不行。当她趴在桌子上纠结要不要溜去食堂吃点儿东西时，许容墨就从后门溜了进来。

他挤到她旁边坐下，往她桌子上放了一袋子小笼包。

"今早我看见你直接从宿舍跑到教室，一猜就知道你没吃早餐。"

白时笑眼睛一亮，堆起笑脸，感恩戴德道："谢谢。"

许容墨也笑道："你感动吧，所以要不要加入我们乐队？"

白时笑的笑容凝固在他最后一句话里，她把放在嘴边的小笼包放回去，又把整袋小笼包推回他面前。

"还是算了吧。"

"为什么啊？"许容墨真的想不通，就开始追问，"你总是拒绝我，总得给我一个正当理由吧。是我们乐队不好，你看不上，还是什么？"

"都不是。"

"那是为什么？"

白时笑看了他一眼,神情落寞了一下,然后趴在桌子上。

"我不会唱歌。"她的声音闷闷的,从手臂处传出。

许容墨愣了愣,等他反应过来后,就一副白时笑欺骗了他感情的模样,他问:"所以那天在 KTV,你是假唱?"

"你才是假唱!"白时笑反驳他,破罐子破摔地说道,"我实话跟你说吧,我不敢在别人面前唱歌,会紧张,严重的话会跑调。"

因为不敢在别人面前唱歌,所以她才偷偷跑去 KTV 练习;因为不敢在别人面前唱歌,所以她才不答应许容墨的请求。

她不是不想当乐队主唱上台唱歌,她只是不敢。

白时笑都那么说了,许容墨似乎听明白了,往后几天,他都没有来找白时笑。

白时笑谢天谢地,心想,总算送走了一个大麻烦。可她还没有放松几天,许容墨又出现了。

白时笑刚刚下课,许容墨就在门口拦住她。

"我带你去一个地方。"

"不去。"白时笑绕过他,却被他一把拦住,然后他不由分说地把她拉走了。

许容墨前段时间天天在宿舍楼下唱情歌,大家都认为许容墨在追白时笑,现在许容墨在众目睽睽下把白时笑带走,大家不免要起哄一番。

中年教授看见了,推推眼镜,感叹道:"年轻真好。"

许容墨拉着白时笑一路小跑到了一间教室,教室门口很寒酸地贴了一张 A4 纸,上面写着"乐队大本营"五个字。

许容墨推开门,把白时笑拉了进去。教室里摆着吉他、架子鼓之类的乐器,角落里还有一架立式钢琴,几个男生正在练习。许容墨一进去,他们就停了下来。

打架子鼓的男生从架子鼓后走了出来,他打量了白时笑一番后,转头问许容墨:"这就是你折腾了好久才找到的主唱?"

"嗯。"

"阿墨找来的人,实力肯定是不容小觑的,要不你现场给我们唱一下?"

白时笑有些尴尬地笑了笑,说:"还是算了吧,我不会唱歌。"说完,她还伸手去掐许容墨。

许容墨痛得连忙解释:"我今天叫你来不是让你唱歌的。"

他找了把椅子让白时笑坐下,然后拿起吉他,站在白时笑面前,其他男生也走到自己的乐器前,随着许容墨弹出第一个和弦声,空气仿佛被搅动起来。

清脆的木吉他,低沉的贝斯,悦耳的键盘,动感的架子鼓,这些声音交织在一起,让人感觉这是一场听觉盛宴。

白时笑紧张的情绪渐渐消失,她放在膝盖上的手指也跟着打起节拍。风吹起他们身后的白色纱帘,阳光透进来,肉眼可见的细小尘埃在空中飞扬。

不得不承认,许容墨的这一招真的俘获了白时笑的心,她真的对这里动了心。

晚上,许容墨送她回宿舍。末了,许容墨又对她说:"你不是因为讨厌唱歌才不加入我们乐队的,你只是不敢。那我也可以理解成,你不是不想加入我们乐队,只是不敢在有很多人的地方唱歌，对吧？"

白时笑看着他，轻轻地点了一下头。

"那你想上台唱歌吗？"

白时笑想了想，说："我想，但是不可能。"说完，她就溜进了宿舍楼里。

许容墨觉得没希望了。他都做到这个份上了，白时笑还是不答应，这可能真的就是外人眼中的"郎有情，妾无意"吧。

许容墨都已经放弃了一定要让她成为乐队主唱的执念了。

乐队里的贝斯手却突然给他打电话，说白时笑今天找自己借了教室的钥匙。

许容墨一听，原本要熄灭的小火花又噌地燃了起来，他撒开腿就往教室跑。他刚靠近那间教室，就听见了钢琴声，他放轻脚步，唯恐惊扰了里面的人。许容墨走到窗边，透过窗帘的缝隙看见了里面的人。穿着卡其色冬裙的少女坐在立式钢琴前，纤细的手指在黑白键上飞舞着。

许容墨看痴了，像那次在 KTV 初见一般。

白时笑弹完了，许容墨才推门走进去。见他来，白时笑也不慌，瞟了他一眼后收回视线，手指随意地在钢琴键上弹了几个音。

"许容墨，"许久后，白时笑终于开口，她抬眸看向许容墨，眼神坚定，"我突然想唱歌了，想唱给很多人听！"

许容墨初见白时笑时，就觉得她的嗓子像被精雕细琢过，只是不小心蒙了灰，而现在许容墨眼中的她，整个人笼罩在阳光下，似乎做好了发光发亮的准备。

03

　　许容墨深知要想根治白时笑的毛病,首先得知道她为什么会怯场。许容墨问了她,她很坦然,说自己以前上台出过丑,就不敢再上去了。

　　许容墨似懂非懂地"哦"了一声,又说:"可我看你不像是脸皮这么薄的人啊。"

　　白时笑脸一沉,许容墨也识趣,赶忙上前哄她。

　　既然是因为上台出丑后才怯场的,许容墨觉得白时笑就是胆子小、脸皮薄,只要多练练就没事了。

　　乐队平时就有卖唱活动,等下一次举行卖唱活动时,许容墨把白时笑带上了。几个男孩子在地铁口摆弄乐器,白时笑就拿张报纸垫着,盘腿坐在地上,许容墨弄好设备,转身半蹲在她面前。

　　"你先看着,如果觉得可以你就跟我说,然后你来唱。"

　　白时笑点点头,许容墨被她乖巧的样子可爱到,他勾唇一笑,宠溺般揉了揉她的头发,然后站起来。

　　白时笑坐在许容墨的正后方,许容墨轻弹吉他琴弦,她抬眼,仰视他的背影。他的嗓音低沉富有磁性,把粤语歌演唱得缠绵动听,再加上他那一副好皮囊,没过多久就吸引了一群小姑娘围观。

　　他们唱了几首歌,架子鼓手阿胖就来喊她:"哎,唱一曲吧。"

　　白时笑皱眉,有些为难地看着围观的人群,她刚想拒绝,许容墨也转过身来，说："试试吧。"

地铁口顶部的灯光亮得刺眼，照得她恍惚了一下，再回过神来，她已经被许容墨拉了起来。

许容墨在她手里塞了麦克风，并将她推到前面。

白时笑扫了围观的人一眼，又转头看向许容墨，许容墨回给她坚定的微笑。许容墨再次弹起吉他的时候，是她熟悉的那首《是什么让我遇见这样的你》。

白时笑深吸一口气，在心底暗暗给自己打气。既然自己已经下定决心要克服毛病，就不可以再退缩。

她垂下眸子，不去看眼前涌动的人潮，努力克制自己胸腔中鼓动的心，慢慢找准节奏开始唱。

虽然因为紧张导致声音有些发抖，气息也不太稳，可依旧听出她的音色和音准都近乎完美。

白时笑之前没有在乐队的其他人面前唱过歌，虽然许容墨一直坚定白时笑就是他要找的主唱，但乐队其他人都有所怀疑。白时笑一开嗓，就已经为自己正名了。

许容墨本以为白时笑会继续唱下去，准备进入副歌时，她不小心抬头看了一眼人群，突然嗓子一哽，再唱不出声音，胃里还一阵翻滚。她转过身，把麦克风往许容墨怀里一塞，捂着嘴就挤开人群跑了出去。

许容墨找到她时，她已经在垃圾桶旁干呕到吐酸水。许容墨走过去，递给她一瓶水。

"谢谢。"白时笑接过水喝了几口。

许容墨没多说什么，等她缓过来，才送她回学校。她一直跟在许容墨身后，脚步很轻，许容墨要时不时回头看一眼，才能确定她还在。走了一段路后，他再回头，却发现身后的姑娘红了眼眶。

"我突然感觉自己好没用！"她停下脚步，低头看着地上，抽泣道。

许容墨转过身，看着她头顶的发旋，心底深处柔软的地方突然被撞击了一下。

"没事的，慢慢来。"

"我都慢了十八年了。"白时笑抬起头，眼睛里蓄满了泪水，"十八年了，我都不敢在别人面前唱歌，我怎么这么没用！"

白时笑越哭越大声，路过的人都纷纷注目。

许容墨连忙哄道："你有用，是我没用，我不应该强迫你。"

白时笑抬起满是泪痕的脸，一边摇头一边哽咽道："是我没用！"

许容墨有意哄她，说道："不，你有用，是我没用……"

两人你来我往，一来二去好不热闹。在旁边观望了许久的路人都有些看不下去了，上前对着他们说道："你俩都有用，是我没用，行了吧？要秀恩爱请靠边，大冬天的，能不能考虑下我们单身人士的感受？"

白时笑抽泣着看了他一眼，又转头看许容墨，然后哭得更凶了。

白时笑蹲在路边哭了好久，把许容墨身上带的纸巾都哭完了，她还未消停，许容墨没办法，只能把自己的衣袖贡献出来。等她哭够了，许容墨才把她送回宿舍。

经历那天晚上的事后，许容墨想着让白时笑休息一下。

没想到第二天晚上他们去乐队教室时，白时笑已经在教室里等着他们了。

她坐在立式钢琴前，许容墨他们进去，她只是瞟了一眼，然后抬起手，弹了《加勒比海盗》的主题曲。在场的人，除了许容墨外，都惊呆了。

"笑笑，你这也太……"键盘手惊呼，"太专业了吧！老实说，你的钢琴水平几级了？"

"我没考过。"

键盘手明显不信，又问："你是考了没过，还是从来没有考过？"

"从来没有考过。"白时笑说道，她收敛了刚才的张扬，垂下眸子道，"我妈不喜欢我碰这些东西。"

"别人家的小孩都是被父母逼着去学钢琴，怎么到你这里就反过来了。"

白时笑耸耸肩，没回答。

为了照顾白时笑，大家把卖唱的地点改到了人少的地方，往后几次卖唱，白时笑都跟着他们。许容墨不急于求成，先是让她看着，然后再让她代替键盘手，半个月下来，她能插科打诨地和许容墨合唱几首歌，可当许容墨让她单独唱时，她又退缩了。

"算了吧，我还没有准备好。"

"机会是留给有准备的人的，你只是心理上没有准备好。"键盘手给她鼓励。

白时笑想了想,转头看向许容墨。

许容墨递给她鼓励的眼神,说:"如果你还是怕,就对着我们唱呗。"

白时笑从许容墨手中接过麦克风,往前走了几步,然后转过身,面对着许容墨。他们卖唱的地点在交通桥上。白时笑站在他面前,她穿着大红色的毛呢大衣,红得耀眼,而她身后是车水马龙。

她抿嘴抿了好久,才终于鼓起勇气,冲许容墨点点头。许容墨会意,调整了琴弦后为她伴奏。

白时笑就站在阑珊的灯火里,长发被晚风吹起,那一抹红成了最为精致的点缀之物,她只站在那里浅浅吟唱,就自成一派风景。

白时笑也看着许容墨,他身后桥下的江面倒映着远处的万家灯火。他站在那里,暖融融的灯光都成为他的背景,吉他没有华丽起伏的旋律,却动听得不像话。

白时笑初见许容墨时,俊朗白净的少年推开KTV厚重的门,那一瞬间,她控制不住心脏跳动的节奏。

她永远不会忘记那无法抑制的心动。她喜欢唱歌,也喜欢那个弹吉他的少年。

当这两个东西重合在一起的时候,她才会奋不顾身地想冲破自己的囚牢。

他背着吉他,走过半座城,等一朵花开。

她唱着歌儿,踏过了年少,追一个少年。

04

白时笑跟着许容墨的乐队参加过几次卖唱后，胆量竟被磨炼出来了，面对观众的时候，她更加坦然。她原本就是心坎过不去，当她渐渐迈过这道坎，竟然真的有所向披靡的气势。

新的卖唱地点选在了公园，白时笑唱完《红玫瑰》后，有男生壮着胆子给她送了一朵玫瑰花，她刚想伸手去接，就被许容墨截和了。

他拿起原本要送给白时笑的玫瑰花嗅了一下，对那个男生道："花挺香的，谢谢。"

那朵花是给你的吗？你就乱拿。

他们卖唱结束，收了设备，准备去大排档撸串。一行五个人，只有白时笑一个女生。他们男生喝啤酒，白时笑眼馋，就偷偷开了一罐，回学校时，虽然神志还清醒，步伐却不稳。一路上，她拉着许容墨的小手指傻笑。

许容墨背着她回宿舍，一路上她没少闹腾，从《小跳蛙》唱到《Baby Shark（小鲨鱼）》，还伸手去揉许容墨的头发。

到了宿舍楼下，许容墨打电话叫她室友来接她，就几分钟，她也不安分，又跳又跑，还往他身上蹭。她迷离着眼，海藻般的长发也有些乱，他看着她，心变得很柔软。

"白时笑。"他突然喊她的名字。

"嗯？"

"我告诉你一个坏消息。"

"什么？"

"我对你的思想不纯洁了。"

白时笑愣住了，抬眼看他。他突然低头，亲了一下她的额头。

"我不仅缺乐队主唱，还缺女朋友。"

白时笑的室友下来了，许容墨把白时笑的手送到她室友的手里，然后目送她们上楼。

白时笑迷迷糊糊地跟着室友回到宿舍，呆愣地坐在床上，室友给她倒了一杯温水，她喝了几口，又继续发呆，过了几秒，她开始摸着额头傻笑。

"许容墨好像亲了我。"

宿醉的结果是，白时笑第二天早上起床脑子有些断片儿。许容墨昨晚好像对她说了什么，还亲了她。

是做梦，还是真的？

因为一直纠结这个问题，导致她一整天都魂不守舍的。上完课下楼，她也在想着许容墨。当她走到楼梯拐角，看见迎面而来的许容墨时，感觉心脏都漏跳半拍，一个心神不稳，她就踩空了，径直摔了下去。

许容墨也被她吓了一跳，慌乱下还是动作流畅地把她抱了满怀。

"你怎么这么不小心？"许容墨抱着她转了个身，把她放到地上，"你想什么呢？路也不看。"

白时笑扑在他怀里，心脏还在剧烈跳动，她没敢开口说话，她害怕一开口，就暴露了自己的慌张。

Chapter 02　是什么让我遇见这样的你

白时笑跟着许容墨去乐队练习。深冬，他们所在的城市已经下起了大雪。去乐队要穿过操场，许容墨走在前面，白时笑跟在他后面，一步一步踩着他的脚印。

许容墨个子高，步子迈得也大，白时笑想跟上他有点儿费劲。下雪天地上又滑，稍不注意就会滑倒，白时笑着急跟上他，没注意脚下的路，一个趔趄就摔倒在地上了。

许容墨听见响声回头，一看瞬间笑开了。白时笑脸一红，恼怒地在地上随手抓了一把雪，丢向许容墨。

许容墨别过头躲开，笑着走到她面前，把她拉起来："今天你怎么一直心不在焉的，被勾魂了？"

白时笑没戴手套，刚刚又抓了冷冰冰的雪，手被冻得通红，许容墨将她的手放进自己的外套口袋里，口袋里的温热瞬间温暖了她冰凉的手。

白时笑看着许容墨，说："昨天晚上我做了一个梦。"

"你梦见什么了？"

"梦见你……好像亲了我。"她抽出手，摸了摸自己的额头，"这里。"

白时笑一抬头，猝不及防和许容墨四目相对，白时笑的心"咯噔"一响，下一秒她听见许容墨说："那不是梦。"

许容墨低头凑近她，她条件反射往后一退，却被许容墨搂住腰往怀里一带，她惊慌失措地抬头，许容墨宠溺地揉揉她的头发，然后在她的额头上落下一吻。

白时笑愣住了，身体也僵硬得无法动弹。

许容墨亲完白时笑后垂眼看她，见她羞红了脸，笑道："看来昨晚我亲得不够用力,搞得你都记不住。"

白时笑的脑子又卡壳了,她愣愣地看着他,缓了一阵后开口:"你什么意思?"

许容墨又摸了摸她的头发,说:"我喜欢你的意思。"

他低下头,亲吻她的额头,说:"我想抱你的意思。"

他又往下,亲她的鼻尖,说:"我想亲你的意思。"

他又亲她的脸颊,说:"全世界非你不可的意思。"

最后,他亲上她的嘴唇,蜻蜓点水的一吻,然后额头相抵。他捧着她的脸说:"是问你'愿意做我女朋友吗'的意思。"

白时笑对上他的眼睛,害羞得脸红了。

"我还没有准备好,我……我再想想。"

许容墨有些霸道地抱着她,语气也霸道:"不许想,你只能喜欢我。"

白时笑当时的心啊,都酥成酥脆饼干了,哪里还有心思拒绝他?

05

许容墨把白时笑牵到乐队时,大家都敏锐地发现气氛不对了,鼓手拿着鼓棒指着许容墨:"哎哎哎,你干吗,赶紧把手给我撒开,我们笑笑的手是你能牵的吗?"

许容墨不放手,鼓手就上前强行掰开。他把白时笑护在身后,就像护女心切的老父亲。

白时笑很配合他的表演,她抓着许容墨,笑眯眯地对鼓手说:"他现在是我男朋友了。"

鼓手看向许容墨,在得到许容墨的肯定后,露出痛彻心扉的表情:"你们竟然背着我们暗度陈仓,真是太让我痛心了。"说着,他故意愤愤地甩开白时笑的手。

玩笑归玩笑,大家还是很支持许容墨和白时笑在一起的,毕竟肥水不流外人田。

难就难在卖唱的时候,有不知情的路人会上来搭讪,有时候被搭讪的人是白时笑,有时候是许容墨,帅哥美女总是格外受欢迎。

有一次许容墨弹唱结束后,就有几个女生上前搭讪,询问他的联系方式。

许容墨看了一眼白时笑,回过头对搭讪的女生说:"不好意思,我已经有女朋友了。"他指指自己身后的白时笑。

鼓手见状,就凑到白时笑身边,说:"笑笑啊,这男人招桃花,不安全,要不分了吧?"

白时笑却一副无所谓的样子,说:"有多少人喜欢他,我不管,但我知道他只喜欢我。"

不知不觉,一个学期过去了,放寒假后,他们见面的机会就少了。放假一周后,乐队接了一个商演的活,他们才终于见到面。

一个星期不见,白时笑看见许容墨后难掩心里的欢喜,一路小跑着飞奔到他面前,扑到他怀里。白时笑揽着他的脖子,撒娇道:"我的每一个细胞都在想你。"

"那我可太幸运了,有一个这么想念我的女朋友。"许容墨说完,低下头亲了亲她的脸颊。

这是要酸死谁啊!

小情侣一日不见,如隔三秋。

白时笑现在演出时已经丝毫不怯场了,表演结束已经是傍晚,五个人闹哄哄地去聚餐。一行人刚走到马路上,一辆车就停在了他们面前,汽车的车窗降下来,露出一张美艳妇人的脸。

其他人还没有反应过来,白时笑就诧异出声:"妈,你怎么来了?"

妇人冷着脸,嘶哑着声音说道:"上车。"

白时笑顿时收敛了笑意,和许容墨他们道了别,就上车跟着妈妈走了。

白时笑离开后,众人还有些云里雾里,纷纷把目光投向许容墨,试图从他那里了解内情,但他也对白时笑的家庭一无所知。

"你们觉不觉得,笑笑的妈妈有些眼熟,很像一个退圈的歌手?"

众人回想了一下刚刚看见的美艳面孔,刚刚提出问题的键盘手拿出手机,在搜索栏输入一个名字。弹出的页面上的那张美艳的脸分明和他们刚刚看见的一模一样。

许容墨看了一眼图片,沉默了许久,突然说道:"其实笑笑上台怯场的毛病不是很严重,她更多的好像是害怕……"

他们翻看了一下歌手的信息,她是二十世纪九十年代的当红歌手,但奇怪的是,她在最红的时候突然销声匿迹了。

人虽然没了消息,但她的歌曲一直在网络上传播。他们随手点开一首歌,传音筒里传出的声音甜美动人,与刚刚他们听见的完全不同。

陆乔是红遍大江南北的知名女歌星,向来以歌声甜美著称,可今天的妇人声音嘶哑难听。

许容墨的猜测可能是巧合,可能她刚好有明星相。过多的猜测只会让他陷入困境,他只能等白时笑亲口告诉他。

白时笑回到家后就被妈妈锁在了房间里,白时笑拍着门想让她放自己出去,她却对女儿的歇斯底里视若无睹,在门外冷冷地说:"我跟你说过什么,你都忘记了是吗?这段时间你就在房间里给我好好反省。"

白时笑闹了很久,直到筋疲力尽才消停。她拖着疲惫的身体躺在床上,缓了好一阵儿才缓过神,后知后觉地想起给许容墨打电话。

"我要跟你坦白一件事情。"

"嗯。"许容墨静静地等待她的后文。

他心里有太多不解,等着白时笑来解释。

"我之前不敢上台唱歌,一是怯场,二是我妈妈不让我唱歌。我妈妈叫陆乔,就是以前很红的那个歌星,但我妈妈在最当红的时候,被人陷害伤了嗓子,再也不能唱歌了。因为这件事,她被雪藏,然后嫁给我爸,生了我。我的嗓子就是遗传于我妈妈,但她不喜欢我在外面唱歌,她担心我会和她一样受到伤害。"

许容墨想起那些关于陆乔的信息，关于她突然消失的原因，大家众说纷纭，谁会想到其中竟然还掺杂着这样的晦暗往事。

白时笑说完，又弱弱地补充一句："因为你出现，我才有勇气站到观众面前展示我的声音。我跟你们一起唱歌的事情，我从来没有跟家里人说过，没想到这么快就被我妈妈发现了。"

许容墨听完她的话，心里生出一丝懊恼，他说："对不起。"

许容墨不知道自己为什么要道歉，受情绪的推动，他就这样做了。

"现在你妈妈发现我带着你外出唱歌，会不会对我留下很不好的印象？"

虽然时机不对，但许容墨还是将自己的担心问了出来。

白时笑有些哭笑不得。

"都这种时候了，你怎么还关心这种事！妈妈现在把我关起来不让我出门，你快想想办法！"

"如果是别人这样对你，我还能去拼命，可那是你的妈妈……"

白时笑虽然有些失落，但她觉得许容墨说得有道理，或许等妈妈自己想通了，就会放她出去吧。

许容墨安慰她："没事，你把你家的地址发我，我偷偷去看你。"

既然陆乔不让白时笑出门，那他可以主动去找白时笑。

白时笑的房间在三楼，许容墨到了她家附近后给她发信息，让她站在窗口等。她一扫被关起来的阴霾，走到窗口就看见了站在路上的许容墨。

白时笑拍了一张他站在路上的相片发给他,告诉他,自己已经看见他了,让他抬头。

"我们这样是不是很像罗密欧和朱丽叶?"白时笑打开窗户,可怜巴巴地看着许容墨。

这下换许容墨哭笑不得了,他回道:"没那么严重,我们没有世仇。"

白时笑委屈地撇撇嘴,用手机播放 Taylor Swift 的《Love Story》。

06

在白时笑被关的时间里,许容墨每天都会去她家楼下偷偷守着,偷偷摸摸的两个人颇有一种被棒打鸳鸯的可怜感。

两人见面的次数多了,少不得会被发现。

白时笑趴在窗口和许容墨聊天的时候,猝不及防看见出现在身边的妈妈,吓得手机都掉在了地上。

陆乔冷冷地看了他们一眼,伸手关上了窗户。

隔天,陆乔就用白时笑的手机把许容墨约了出来,两人约在家附近的咖啡馆见面。

许容墨知道陆乔找他是为了警告他,但毕竟是第一次见心上人的母亲,他紧张之余还是十分重视这次见面。

许容墨原以为陆乔会反对他和白时笑在一起,结果相反,陆乔并不反对他们交往，但她提出了他们交往的条件。

"我不反对你和笑笑谈恋爱，但是你要带着她唱歌，我就不允许你们在一起。"

"可笑笑喜欢唱歌，而且我可以保护她——"他的话还没有说完，就被打断。

"现在你信誓旦旦，但当她真正遇到危险时，你真的确定你有能力保护她吗？她是我女儿，我不会让她去接触那些潜在的危险。"

白时笑一整个暑假都被限制了自由，陆乔每天都盯着她，不允许她外出，更不允许她和许容墨联系，就连玩手机都规定了时间，这样压抑的生活一直到开学才结束。

可即使是开学，白时笑也没有得到完全的自由。陆乔被雪藏后做起了全职太太，最多的东西就是时间。白时笑那些小心思更是在她面前无所遁形。

"我会时不时去你学校看你，如果被我发现你又跟着他们出去唱歌，我会给你办理休学。"

白时笑欲哭无泪。

陆乔虽然不准她唱歌，但没有过多限制她做其他事的自由，她就只能在许容墨他们演出的时候，跟着跑过去看几眼。一来二去，她就发现了不对劲。

她的男朋友好像被人觊觎了。

白时笑观察了好几天，有个姑娘几乎每天都会来听他们唱歌，那个姑娘的视线一直落在许容墨身上，等他们演唱结束，她还会热情地帮忙一起收拾东西。那个姑娘的心思太过明显，让人想忽视都有些难。

队里的人把罪魁祸首许容墨推了出去,让他自己解决。许容墨很直接,上去就告诉她,自己有女朋友了,并且这辈子都没有分手的打算,然后礼貌地祝福姑娘早日找到自己的幸福。

那个女生却表示:"没关系,我不在乎。"

白时笑当时就一脸疑问。

她是不在乎,可是自己在乎啊!

那个女生见白时笑的脸色不太好,还走到白时笑面前,开始自己的"茶言茶语":"姐姐不会因为我跟哥哥吵架吧?"

白时笑皮笑肉不笑道:"你想多了。"

纵使许容墨他们为避开那个女生,换了地方表演,那个女生也像装了雷达一样找上来。

许容墨被弄得想罢演。

那次许容墨在表演,白时笑去给他买热饮,她刚回到场地就碰上那个女生。

她趾高气扬,完全没有在许容墨面前柔弱的样子:"我劝你还是早点儿放弃许容墨,许容墨迟早是我的。"

白时笑翻了一个白眼,说:"迟早是多早?你那么有能耐,怎么不上天?"

白时笑说着就想走,谁知女生却突然抓住白时笑的手,将白时笑左手端的那杯滚烫的姜茶往自己身上一倒。

她的手背当即就被烫红,白时笑还没反应过来了,她就自导自演,尖叫道:"姐姐,你怎么可以拿姜茶泼我!"

许容墨身边围了不少看演出的人,被她一嗓子全喊过来了。

她注意到大家的视线，演得更起劲了："要是我惹你不开心了，你可以跟我直说，没必要这么做的。"

她还把自己被烫红的手背露出来，周围嘘声一片，都等着看好戏。

白时笑愣在原地，倒也不是怕的，而是觉得这小妹妹可以啊，这杯姜茶她隔着杯套拿都觉得烫手，这人居然全泼到自己的手背上。

许容墨放下吉他走过来，那个女生眼睛一眨巴，豆大的泪珠就掉下来了。

"学长，你不要怪姐姐，她可能不是故意的……"

白时笑在心里感叹：这一招借刀杀人用得好啊！

许容墨却直接越过她走到白时笑面前，接过她手里另外一杯姜茶，说："你没事吧？"

白时笑摇摇头，说："没事。"

许容墨得到白时笑的回答后才松了一口气，他看向那个女生，眼神变了。

"我不管她是不是故意的，我都会站在她这边。我跟你已经说得很清楚了，我有女朋友，所以你要是再纠缠，下一次泼你姜茶的人就会是我！"

那个女生彻底红了眼，想栽赃却赔了夫人又折兵。她受不了周围人的指指点点，捂着受伤的手跑开了。

自那以后，他们真的没有再见过她。

白时笑总是跟着许容墨的乐队，陆乔有些担心，想阻止他们见面，可小情侣正是热恋的时候，根本不听她的。

那段时间,白时笑和许容墨约会见面都有些偷偷摸摸,乐队的人知道后,还笑话他们是现实版的罗密欧与朱丽叶。

这样的日子不好过。

许容墨知道陆乔的心病,她因为自己受过伤,所以想保护白时笑。如果能向她证明,他有能力保护好白时笑,他们是不是就可以正大光明地在一起了?

07

新学期开学后,学校组织了一场校园歌唱比赛,白时笑想参加。在许容墨的鼓励下,她鼓起勇气,准备说服陆乔。

陆乔正在客厅敷面膜,闭目养神,白时笑轻手轻脚地走到她身后,给她戴上了耳机,里面是她唱的《是什么让我遇见这样的你》。

音乐放完后,陆乔摘下耳机,白时笑就对她说:"妈,我真的很想唱歌。我知道你是担心我,但是我不可能一辈子都受你的保护啊。"

"笑笑,"陆乔看着她,叹了一口气,说,"妈妈不是不让你唱歌,妈妈只是担心你会受到伤害。"

"可我想做我喜欢的事情,妈妈,我会保护好自己的,许容墨也会保护我的。"在白时笑不断的争取下,陆乔最终还是答应了她。

白时笑报名了歌唱比赛。她的声音条件天生优越，预赛对她来说几乎没有难度。

　　她一路闯关到决赛。决赛那天，陆乔夫妇都到了现场。

　　白时笑选的曲目依然是她喜欢的那首《是什么让我遇见这样的你》。

　　白时笑演唱的时候，陆乔就坐在台下，她看着熟悉的舞台，看着女儿被聚光灯笼罩，那一刻她想，或许她真的对白时笑保护过度了。

　　台下，白爸爸握紧陆乔的手，感叹道："孩子像你。"

　　白时笑在聚光灯下浅浅吟唱，光束打在她身上，她就像展翅欲飞的鸟儿，或许这才是她真正的样子，光靠嗓音就足以惊艳众生。

　　陆乔望着台上的白时笑，仿佛透过她看到了年轻时的自己，也是这么生机勃勃，对一切都保持热忱。

　　每个人都有自己的路要走，也许她的女儿会比她走得更远。

　　在这一刻，陆乔由衷地为女儿感到骄傲。

Chapter 03

土豆土豆，我是地瓜

世界很大，大得能承载芸芸众生，
世界又很小，小得眼中只能望见一个他。

悄悄喜欢你

01

安豆蔻有个外号，叫土豆。顾名思义，她矮。

不止在男生面前，她在女生面前也显得格外娇小。无论她走到哪儿，都是宠儿。从幼儿园起，就有小朋友起哄叫她土豆。

安豆蔻在很小的时候，就意识到自己的身高可能是一个缺陷。

她邻居家的儿子明明只比她大一个月，个头却高出她很多。

在安豆蔻的记忆中，住在她家隔壁的小男孩可以算得上称职的竹马。

当别的小朋友嫌她个子矮，不带她一起去摘杨梅时，只有那个小男孩会留下来陪她。

小小的他牵着更小的她，轻轻地说："土豆别怕，我是地瓜，以后我陪你。"

地瓜陪土豆走过幼儿园，读完小学，可准备上初中时，他们一家搬走了。

土豆最终还是和地瓜分开了。

对了，地瓜不叫地瓜，他有个好听的名字，叫林致。

Chapter 03　土豆土豆，我是地瓜

　　相对于安豆蔻对身高的焦虑，安爸爸安妈妈倒是很淡定，还安慰她："没事的，你不是不长个儿，只是没有到长的时间。"

　　后来高考体检，量身高时她偷偷扬起下巴，让自己显得高一点儿，可她依旧是全班最矮的。

　　浓缩的都是精华，虽然她有点儿矮，但她聪明啊。

　　安豆蔻时常这样安慰自己。

　　安豆蔻高考以全校第三的成绩考上了本市一所在全国都闻名的大学。所以她安慰自己：没事的，上帝关了门，一定会留扇窗。

　　她用自我安慰堆积的踏实感，却在开学那天被全部消失。

　　因为学校在本市，所以她不打算住校。

　　安豆蔻独自来到新生报名处后，她才后悔自己为什么没有叫老爸一起来。

　　拥挤的报名处，个子娇小的她被挤在人群中，无力得像一只任人宰割的小绵羊。虽然大家都有排队，但她实在太娇小，在拥挤的人群中显得很没有存在感。当快要排到她的时候，她总会被看不见她的人挤出去。

　　又一次被挤出去后，安豆蔻在人群外望着他们，正考虑要不要引起骚动，再趁乱挤进去报名，身后突然传来声音："大家都排好队吧，有个小姑娘被挤出来了。"

　　安豆蔻闻声回过头，看见一张极好看的脸，男生也低头看了她一眼。两人的视线撞到一起，安豆蔻的心跳突然加速，她迅速低下头，小小的心脏里像是突然住进了一只横冲直撞的小鹿，心跳瞬间就乱了节奏。

在他的提醒下，拥挤的人终于注意到个子娇小的安豆蔻。安豆蔻在他的帮助下，终于成功报名。等办完手续，她想找到男生好好道谢的时候，却已经见不到他的身影。

安豆蔻只能带着遗憾回家，她只盼着以后他们能有缘再见。她刚走到家楼下，就看见搬家公司的车停在单元楼门口，楼道里堆了许多东西，她上楼才发现，这些东西都放在了她们家对门。

"妈，对面是谁要搬过来？"

安妈妈正在切菜，头也不抬就道："还是你林叔叔家，你应该还记得吧，你小时候跟他家孩子关系不错的。"

吃晚餐的时候，安豆蔻见到了多年不见的林叔叔和林阿姨。

林阿姨一见安豆蔻就被她萌到了，抱了抱她后说："你小时候小小的特别可爱，我还怕你长大了就不可爱了。"

安豆蔻很无奈，说："是啊，我还是跟小时候那样小只，所以阿姨你不要担心。"

"豆豆现在上大学了吧？"

"嗯。"安豆蔻点头道，"今天刚刚开学。"

"你考上了哪所大学？"

"A大。"

"哎，我们家阿致也考上了这所大学，我们就是方便他上学，才搬回这里的。对了，你是什么专业的？"

安豆蔻正准备回答，林阿姨的手机就响了。

"喂，阿致啊，我不在家，我在你安叔叔家吃饭了，你也过来吧。"

林阿姨挂了电话，突然转过身，拉住安豆蔻的手说："哎，豆豆，你好长时间没见阿致了吧？"

安豆蔻的脑子里闪现小时候那个对她说"土豆土豆，我是地瓜"的男孩，不由得勾唇浅笑："是啊，很久没见过了。"

"那等会儿你们就可以见面了，阿姨可还记得你们小时候感情很好啊！我们搬家，阿致还哭闹了好久。"

几人聊了没一会儿，门铃响了。

安豆蔻开门的时候，只觉得门外的光线全部被挡住了，她仰着头，对上那张好看又清冷的脸，她微愣，然后想起来，这不就是在学校报名处帮助过她的男生吗！

"是你啊。"安豆蔻惊呼，"你就是林致？"

林致点了点头，问道："你好，我爸妈应该在这儿吧？"

安豆蔻把人带进屋里。用餐的时候，林致坐在安豆蔻对面，她给他添了一副碗筷，他很有礼貌地说了句谢谢。

安豆蔻忍不住多看了他几眼，心想，这真的是她的竹马吗？怎么变得这么高冷了？

两人分开了很久，再见面早已没有小时候那样亲密的感觉了，偶尔对视一眼，也是飞快地移开视线，表现得非常有距离感。安豆蔻其实有点儿失落，毕竟这是小时候会对她说"土豆土豆，我是地瓜"的男孩，现在却这样生疏。

林阿姨也注意到他们之间生疏的气氛，就想着缓和一下，她看向林致，道："阿致，豆豆跟你是一个学校的。"

"我知道。"林致抬头，正好对上安豆蔻的视线，"今天开学碰上了。"他顿了顿，又补充了一句："我和她同班。"

四个大人闻言，齐刷刷看向安豆蔻，安豆蔻有些懵，上午报名的时候她并不知道林致是他们学校的，更不知道林致是什么专业。

大人们都乐了，连连说他们有缘分，安豆蔻也笑着应和，可她看向林致时，却发现他没有什么反应。

02

开学之后是军训，林致站在男生队最前面，安豆蔻则站在最后面。隔着半个班的同学，他们之间半点儿交集都没有。

休息的时候，安豆蔻身边的几个女生围在一起聊天，聊着聊着，话题就扯到了林致身上，她们都夸林致又高又帅，成绩又好。安豆蔻听见后，目光穿过人群投向林致。

他的五官的确精致耐看。

安豆蔻突然想起小时候她特别喜欢巷口老爷爷卖的冰糖葫芦，那时候她的零花钱不多，一天只能买一串。有一次刚下完雨，地上很滑，她买完冰糖葫芦就在回家的路上摔倒了，新裙子脏了，冰糖葫芦也掉在了地上。她一身狼藉，捡起脏兮兮的糖葫芦，难过地大哭。在房间里写作业的林致听见哭声跑出来哄她，然后用自己的零花钱给她买了新的糖葫芦才终于哄好她。

安豆蔻紧紧地拿着糖葫芦，看着给她擦衣服的林致，喊道："林致哥哥。"

小林致抬头，安豆蔻笑道："你长得真好看。"

安豆蔻想得入神，没注意到林致早已发现她的目光，等她回过神来，他们已经四目相对了。

安豆蔻吓了一跳，连忙心虚地移开视线。过了一会儿，她再次小心翼翼地看过去时，发现林致已经不见了。她四处看了看，都没有看见他的身影。

安豆蔻转过头去跟朋友聊天，没过多久，就感觉身旁站了一个人。她一抬头，发现竟然是林致。

他拿着一瓶绿茶饮料，见安豆蔻抬头，就把绿茶饮料递给她，她愣住了，没接住。

林致又往前递了一下，安豆蔻还是没接住，他手一松，饮料掉进了她怀里。

安豆蔻还对着饮料发呆，目睹了一切的同学就凑了过来，说："豆蔻，你和林致认识啊？"

安豆蔻看看手中的饮料，再看看不远处的林致，有些犹豫地点点头。

"应该算认识吧。"

安豆蔻不敢全盘托出，只含糊了几句，打发了想要打听的同学。

安豆蔻平时就不喜欢锻炼，军训的高强度训练让她有些难以适应。训练结束后，她全身上下都在抗拒，肌肉更是无比酸痛。

军训第二天，她几乎感受不到双腿的存在了。

安豆蔻的家离学校很近，她平时都是骑自行车去学校，可军训之后她肌肉酸痛，走路都费劲，更别说骑自行车了，她只能推着自行车走。

到家门口的时候,她遇到了林致,他还是一如既往的冷淡,只是看了她一眼,什么都没说。可第二天她出门时却看见林致坐在一辆小电驴上。他看见她后,有些不自然地别过脸,不好意思地说:"以后我载你去学校吧。"

那一刻,安豆蔻的心里仿佛有烟花在绽放。

少年迎着风沐浴在晨光里,墙角有一株正在盛放的三角梅,那一瞬间,安豆蔻彻底沦陷了。

林致话不多,即使每天载她上下学,他们的交流也少得可怜。直到军训快结束时发生的一件事情,才让他们的关系不再那么尴尬。

带领他们军训的教官是出了名的严厉,那天下午有两个女生迟到,耽误了训练,教官罚她们跑步,结果班里有人出来抱不平,指责教官太不近人情。教官一气之下,把全部女生一起罚了。

盛夏三伏天,安豆蔻跟在队伍后面可怜兮兮地跑。

林致站在男生里面,看着队伍最后面的安豆蔻,他站出来,给教官行了一个军礼。

"报告!"

"讲!"

"教官,我觉得你这种惩罚太重了。"

"我怎么做还需要你教吗?她们迟到了,难道不应该受惩罚吗?"

"您也应该听听她们迟到的原因。"林致认真道。

教官被气乐了，把皮带一解，道："作为军人，讲究的是纪律……"

林致想着安豆蔻吃力奔跑的样子，鼓起勇气道："那您要怎样才不罚她们？"

教官上下打量了林致一眼，说："你还挺讲义气，那就由你来代替她们接受惩罚，她们就可以不跑了。"

林致脱掉外套，语气铿锵有力："一言为定。"

林致跑完后，迎来全班同学的喝彩，但他却掠过人群，直接走到安豆蔻身边。安豆蔻坐在地上，他对她说："跑完步就坐下，腿会抽筋。"

安豆蔻哭丧着脸道："我腿软，站不起来。"

林致叹了一口气，朝她伸出手："我扶着你，你慢点儿站起来。"

林致扶着安豆蔻遛弯时，经过那群教官面前，其中一个教官意味深长地看了他们一眼，然后转头对他们班的教官说："我算是明白那小子为什么要出头了。"

"为什么？"

教官指指安豆蔻，说："因为人家心里有爱。"

晚上回家时，安豆蔻坐在林致的身后，想起今天的事情，忍不住问道："你今天为什么要帮我们受罚？"

车正好经过一段坑坑洼洼的路段，林致骑得不是很稳，安豆蔻害怕掉下去，就伸手抓住了林致的衣服。林致专心骑车没理她，正当她以为他不会回答时，就听见他说："你还记得你小学一年级时，被隔壁班那个胖子欺负的事吗？"

安豆蔻还有点儿印象，就点点头，说："记得。"

"当时你被他抢了零食，委屈得直哭，后来我去帮你把零食要了回来，但你当时难受的样子我一直记得……"说到这儿，他突然轻笑一声，又说，"就是从那个时候起，我决定以后一定不让你难过。"

他的语气平淡，传到安豆蔻耳中却显得格外缠绵、暧昧。

安豆蔻的脸有些发烫。盛夏的傍晚，凉风习习，连空气都带着些许暧昧。她像吃了一口草莓味冰淇淋，像听了一段动人的情话。一切美好都不够表达。

03

熬过军训后，他们的大学生活才算步入正轨。

林致在学校的大多数时候还是对她爱答不理。要不是他们每天一起上下学，她都要怀疑自己是不是真的有过他这样的竹马。

但有时候她又觉得，林致其实挺重视她的。

有次上体育课，林致在打篮球，安豆蔻不想运动，就一个人坐在树荫下看他打球。过了一会儿，一个男生过来跟她聊天，正聊着，一个篮球就滚到她脚边，她抬头望去，就看见林致正追着球过来。

林致从她脚边捡了球，直起腰来，扫了一眼她身边的男生后，对她说："就是因为光聊天不运动，你才长不高的。走，跟我打球去。"

安豆蔻看了一眼比两个她还要高的篮球架，想都没想就拒绝了。

"我不会。"

"我教你。"林致一只手拿球，一只手把安豆蔻拎走了。

晚上安豆蔻回到家，安妈妈就把她拉过来谈话："豆豆啊，你最近在学校有没有什么情况啊？"

安豆蔻一脸疑惑："怎么了？"

"就阿致今天跟我说，学校有不三不四的男生骚扰你，你可得注意，不许跟这些人来往。再说了，你还小，不着急谈恋爱。"

安豆蔻嘴角一抽，她怎么就看不出林致那高冷的外表下有颗爱管闲事的心啊！

安豆蔻刚想解释，安妈妈又说了："你都这个年龄了，就算我们不同意，你也肯定会想着找对象的。其他人我可不放心，但林致这孩子是我从小看着长大的，虽然中间隔了几年未见，但终归比外人放心。你要是真想找对象，就和林致试试吧。"

"妈，你以前说过的，兔子不吃窝边草。而且就算我看上人家了，人家能看上我吗？"

"兔子不吃窝边草，主要是草不好，像林致这么一棵好草，你可得抓紧。"

安豆蔻几句话糊弄过去后就跑回自己房间了。

第二天早上遇到林致的时候，她就想起妈妈的话，觉得有些尴尬。可罪魁祸首根本没有察觉她的尴尬，并且完全不像刚打过小报告的人。

林致因为军训期间的事情在学校出了圈,又有高颜值的光环加持,就有了很多追求者,其中最漂亮的就是表演系系花。

系花找过林致很多次,但林致对她不感兴趣,任凭系花怎么献殷勤,他永远都是冷冰冰地拒绝。

安豆蔻本来还担心自己各方面都比不过系花,生怕林致被系花拐跑了,但看到林致这么坚决的态度,她便重拾了几分自信。或许是她太过得意忘形,某节课后,她被系花拉走,堵在角落里逼问。

系花用不太友善的眼神打量她一番后,说:"林致好像对你挺好的,我见你们不仅天天一起上学,而且军训时他顶撞教官,好像也是为了你吧。你跟他是什么关系?"

安豆蔻转了转眼珠子,似乎在思考用什么词来形容她和林致的关系。

她想了好一会儿,谨慎道:"他左边的屁股上有一颗痣。"

系花感觉一道雷劈在她的脑门上,她原本以为可以不费一兵一卒就铲除这个潜在的情敌,没想到安豆蔻一句话就让她溃不成军。

当林致在图书馆看书的时候,对面的空位上突然坐了一个人,他抬头一看,是系花。

他冷冷地拒绝道:"我今天没空。"

"不,你误会了,我今天来不是为了追你。"系花顿了顿,低下头,有些惭愧道,"我之前不知道你有女朋友,还一直打扰你,对不起。"

女朋友?林致皱眉道:"你是听谁说我有女朋友?"

Chapter 03　土豆土豆，我是地瓜

"你身边那个小个子的女生，今天我才知道她是你女朋友，之前我还以为你们是兄妹。"

"她是怎么说的？"

"她说……"系花有些不好意思，支支吾吾好一会儿才说道，"她说你左边的屁股上有颗痣。"

林致嘴角一抽。

下午放学后，安豆蔻蹦跶着跑到林致身边，就发现他有些不对劲。

她坐上车后忍不住问道："你怎么了？"

被安豆蔻这么一问，林致更加别扭了，从安豆蔻的位置看过去，竟然发现他的耳朵有点儿红。

他轻咳一声后才道："你今天是不是跟别人说我什么了？"

安豆蔻的脑子有些没反应过来，说："什么？"

"就……你是不是跟别人说，我的屁股上有颗痣？"林致别别扭扭地说完，感觉自己的脸都要烧起来了。

自己就随口一说，林致怎么就知道了？

她有些心虚，干笑了两声，说："难道我说得不对吗？"她这算不打自招了。

林致有些哭笑不得道："还真不对。"

"不可能，我小时候看得一清二楚。"

"你小时候左右不分。"

……

天气转凉后，安豆蔻怕冷，林致只能放弃小电驴，跟她一起挤公交车。安豆蔻个子矮，够不到吊环，只能拉着林致。

林致低下头，盯着她的小脑袋，总是忍不住想笑。

安豆蔻抬起头，气鼓鼓地瞪他："你笑什么笑，浓缩的都是精华。"

林致把手肘撑在她的脑袋上，用肢体语言嘲笑她的身高。

安豆蔻气得要去掐他，公交车猛地刹车，由于惯性，安豆蔻扑到林致怀中，林致顺势拥住了她。她红着脸埋进了林致的棉衣里。

林致也意识到两人的姿势过于亲密，刚想放开她，车子就启动了。车子启动时的颠簸让她再次扑到了他怀里。

安豆蔻不好意思地抬眸，两人目光相对的那一刻，周遭的喧闹似乎瞬间消失了。

这个世界很大，大得能承载芸芸众生；世界又很小，小得她的眼中只能望见一个他。

04

天气越冷，安豆蔻的少女心就越发燥热。

每天跟林致一起回家后，她的心情都格外好，进门都是哼着小曲的。

那一天她回到家，看到安妈妈在厨房里忙活，她趴在门框上，带着三分娇羞、三分欣喜、三分漫不经心和一分试探开口。

"妈，你说，要是林致真成了你女婿，你觉得怎么样？"

安妈妈眼睛一亮，说："你俩成了？"

安豆蔻娇羞地低头，说："快了。"

对于林致，安豆蔻可谓是志在必得。

因为她已经把婆媳关系搞定了，跟其他人相比，她已经赢在了起跑线上。为了早日让林致拜倒在她的牛仔裙下，她变得格外主动。

之前都是林致准备好早餐等安豆蔻上学，自从确定了自己的心意后，她都会起个大早，拿着牛奶和包子在楼下等林致。

等林致来的时候，安豆蔻一边打着哈欠一边把手里的早餐递给他。

"早。"

林致看她一副没睡好的样子，狐疑道："你昨晚做贼去了？"

安豆蔻回想了一下，昨晚她做了稀奇古怪的关于他的梦，抿起嘴角一笑，说："差不多吧。"

安豆蔻把包子和牛奶往他怀里一塞，说："这是我精心给你准备的早餐。"说完，她站得笔直，仰起头看着林致，就像一只等着被夸奖的小猫。

谁料林致看到牛奶和包子时表情复杂。他从自己包里拿出两份一模一样的早餐，很显然，他也给安豆蔻带了早餐。

林致道："这牛奶是我昨天跟我妈去超市买的，给你家送了一箱，还有这包子，也是我妈做了给你家送去的。安豆蔻，这就是你精心给我准备的早餐？"

借花献佛，借到"佛"头上了。

安豆蔻有些尴尬，但没关系，她脸皮厚，从林致手里拿过牛奶和包子。

"你不要在乎这些细节，心意到了就行了。"

下午，林致去阶梯教室复习，安豆蔻知道后也背着书包去了。

安豆蔻坐在林致对面，从包里掏出自己买来的板栗味的提拉米苏，放到林致面前。

"这是我精心给你准备的下午茶甜点。"

林致瞟了一眼，说："这是你从哪家店给我精心买来的？"

林致故意加重"精心"二字，安豆蔻轻哼一声，说："这东西是我排了十几分钟才买到的。"

对于安豆蔻来说，这已经算精心安排的了。

安豆蔻刚说完，教室前门走进来一个女生，手里拎着大包小包，走到前排一个男生面前，然后从包里开始往外掏东西。

"这是我做的曲奇饼干。"她说着又拿出一杯咖啡，"这是我用我种的咖啡豆做的手磨咖啡，你之前说下午总犯困，你试试喝这个，还有，我给你织了一条围巾……"

安豆蔻越听越心虚，小心翼翼地转头，看了林致一眼，他也在憋着笑。他感觉到安豆蔻有些挫败，摸了摸她的头，说："你不擅长这些。"

他说着，从包里掏出一个新本子，跟安豆蔻现在用的本子一模一样。

"上次我见你的本子只剩下几页了，那天逛超市就随手给你买了。"

安豆蔻接过本子后，表面平静，内心却欣喜雀跃得如同有千万束烟花在同时绽放。

有时候口是心非的随手一拿,比刻意的精心准备更值得心动。

虽然内心汹涌澎湃,但面对林致时,安豆蔻却十分胆怯。

她不敢踏出最后一步。

哪怕在林致收到别的女生的示好时,她也不敢大大方方地展现自己的占有欲。

林致问其原因,她又支支吾吾说不上来。

她不敢。卡在最后一步,很是挫败。室友看安豆蔻因为这件事整天无精打采的,便拉她出去玩。

十几个人买了材料到郊外的烧烤场地玩,安豆蔻是临时加入的,跟大家不算熟。不过好在大家都很热情,安豆蔻没觉得拘谨。

她坐在旁边的椅子上看风景,室友时不时喂一根烤串,倒也还算安逸。

大部队的娱乐活动她玩不来,只能在旁边看着。她正看着,脑海里突然闪过林致的脸。要是林致也在就好了。好不容易因为惬意时刻而被安抚的少女心事,再一次乱成麻。

安豆蔻退出人群,找了一个安静的地方给林致发消息。

手机屏幕亮了又暗,键盘上的字打了又删,最后安豆蔻只发了一句:"你吃饭了吗?"

半响,林致才回了一条信息:"我在你家。"

安豆蔻跟林致有一搭没一搭地聊着,她始终不敢对林致说出"我想你了"。

她心乱如麻，室友打来电话她都没心情接。

关系过于密切的人如果在某一刻想转换关系，无异于剥皮抽筋，光是幻想就足够煎熬。

安豆蔻气馁地放下手机，觉得自己的暗恋之路还任重道远。

停止跟林致聊天后，安豆蔻才看到半个小时前室友发来的消息。

"豆蔻，我男朋友来接我，你等会儿跟她们一起回去。"

夜幕降临，露营地升起各色小彩灯。

安豆蔻想着他们应该不会那么快返程，就去上了个厕所。等她回来才发现，那一群人早就不见了踪影，只有露营地的工作人员在清理垃圾。

安豆蔻一问才知道，他们临时换地方，十几分钟前收拾东西离开了。她看了看无人的空地，又想到跟林致的关系毫无进展，委屈瞬间涌上心头，倔强地不向谁求救。她问了工作人员哪里可以打到车，就一个人走下山了。

露营地周围都是来露营的私家车，走到山脚下才能打到车。安豆蔻低头走着，走一步就掉一颗眼泪。

路灯昏暗，树叶繁茂，安豆蔻一路走着，直到周围都变得密不透风和昏暗，她才后知后觉感到害怕。

她一边哭一边给林致打电话，身后的草丛里有东西在动，她尖叫一声往下跑。

"林致，救命！我好害怕！"

林致接到安豆蔻电话的时候，正在安豆蔻家里洗碗，安妈妈说安豆蔻跟朋友出去玩，他心里赌气：现在她出去玩都不跟

Chapter 03　土豆土豆，我是地瓜

自己说了？

他接通电话，听到她鬼哭狼嚎的声音，碗碎了一地，手上的洗洁精都没洗掉就跑了出来。

林致打了出租车，来到安豆蔻给的地址，发现她正坐在保安亭里，红着一双眼睛，在跟保安大叔诉说自己的委屈。

"我室友跟男朋友走了，我没有男朋友，就只能一个人走夜路了……"

保安大叔认真听着，抬头看到喘着粗气跑来的林致，笑得眼睛眯成了一条线。

"小姑娘，你男朋友来了。"

安豆蔻回过头，眼泪又掉了下来："他不是男朋友，他只是邻居。"

林致知道她在赌气，走过去半蹲在她面前，说："你有没有受伤？"

安豆蔻摇了摇头，林致跟保安大叔道了谢，就要带安豆蔻走。

保安大叔是过来人，一眼就瞧出这两个人之间的情况，只是还差一层窗户纸没捅破。眼看林致抓着安豆蔻的胳膊要走，保安大叔手疾眼快，抓住安豆蔻的另外一条手臂。

"只是邻居而已，我可不放心你带这小姑娘走。小姑娘刚才都说了，要等男朋友来接，你是她男朋友吗？"

安豆蔻似乎想争一口气，坐在椅子上不起来，眼睛红得跟兔子一样。

林致气极反笑，说："是，我是她男朋友，还是两家打小定

下的娃娃亲,我现在可以带走我的女朋友了吗?"

安豆蔻一路上被林致牵着手。两人走在路灯下,影子被灯光拉长又变小,交织在一起后又分开。

"你有什么想问的就问吧。"林致突然开口。

刚才那一下算是挑明了,这次不说,迟早也要说的,安豆蔻心一横,嗫嚅道:"你刚才说的话,是真的吗?"

林致直视前方,昏黄的灯光打在他身上,他像是镀了一层淡淡的金光,细碎的刘海下是一双看不出情绪的眼睛。

"一半真。"

安豆蔻"哼"了一声,说:"什么叫一半真?林致,我告诉你,别给我玩什么套路,你敢吊着我,我就让你爸打断你的腿!"

林致又被气笑,他停下脚步看着她,说:"谁吊着你了?我的意思是说,刚才的话,我说出来只有一半真,另外一半需要由你来说。"

安豆蔻对上他的眸子,他的眼睛里闪着光,不由得让她去直视自己的心。

上一秒这里还是倾盆大雨,这一秒她的心因为他的一句话又晴空万里。

林致又开口:"所以,你觉得我是你男朋友这件事,是真的吗?"

安豆蔻心里乐开了花,嘴角疯狂上扬,心里绽放了无数小烟花,炸得她欢喜雀跃。

此刻爱意汹涌,她看世间万物都浪漫万分。

她生怕他会后悔,伸出小拇指跟他拉钩。

"你说了可不能反悔了啊。"

"好。"林致跟她拉钩,说,"我不反悔。"他说完,反握住她的手,继续朝前走。

"快回家吧,你妈给你留了排骨玉米汤。"

月光很好,洒在每一个角落,照亮着少男少女每一个心动的瞬间。

夜幕下,少年牵着他的少女,至此,爱意遍地开花。

05

当初填高考志愿的时候,林致一度很迷茫,他不知道怎么选大学,也不知道自己想去哪儿。

他想了很久,记忆穿过时间长河,飞回了幼时,他想,地瓜应该就是要在土豆身边的。

林致找到以前的电话簿,找到了安妈妈的电话号码,打了过去。

"是安阿姨吗?我是林致。对,以前住您家对门的林致,豆蔻今年也参加高考了吧?我想问一下,她准备报哪所大学?"

这是林致和安妈妈的秘密。

安豆蔻以为她向林致迈出了九十九步,但她不知道,她走向他的每一步都是他蓄谋已久的安排。

Chapter 04

我喜欢你,因为你是你

人世间有百媚千红,
唯有你是我情之所钟。

悄悄喜欢你

01

唐诗和宋辞的缘分源于高中开学第一天。宋辞把自己的录取通知书递给老师,老师看了一眼,笑出声:"宋辞?唐诗宋词,这名字起得好。我冒昧问一句,你是不是还有个姐姐或者哥哥,叫唐诗?"

宋辞从小到大遭遇了无数次这种调侃,准备开句玩笑把这个话题带过,身后就有人把自己的录取通知书"啪"地拍在桌子上。

"我是唐诗,但我妈没有儿子,我也没有哥哥或者弟弟。"身后传来清脆的女声。

宋辞回过头,看见了站在自己身后的唐诗。她一身黑色衣服,戴着鸭舌帽,大大的帽檐挡住了大半张脸。

她抬头看了宋辞一眼,勾唇轻笑道:"你这表情是怎么回事,不会真的觉得我是你失散多年的姐姐吧?"

宋辞耸耸肩,挑眉道:"我活这么久,可算是遇到唐诗了。"

唐诗却摆摆手,说:"认亲的戏码可以往后推推再上演,现在先把名报了吧,天热。"

Chapter 04　我喜欢你，因为你是你

宋辞先一步报好名，又等唐诗报完名。到了教室，宋辞已经选好座位，他看见唐诗走进来，朝她挥手把她叫过去。

"唐诗宋词组合的首次合体。"他拉开旁边座位的椅子，示意唐诗坐下。

唐诗环顾四周，没有什么好座位了，就同意了跟宋辞做同桌。

她把书包放下，踢踢宋辞的椅子，说："我要坐靠窗的位置，外边太吵。"

这不是商量，而是命令的语气，换作别人用这么无礼的语气跟他提要求，他根本懒得理对方。可到了唐诗这儿，他竟然觉得这小姑娘有几分脾气。

他把位置让了出来。唐诗坐进去之后就不再理会他。

宋辞霸着位置等唐诗时，就有几个女生觊觎他旁边的位置，问可不可以坐在他旁边，都被拒绝了。现在她们看见他把位置让给了唐诗。

军训时，其中一个女生正好站在唐诗旁边，休息时她就凑到唐诗旁边刺探军情。

"唐诗，你跟宋辞是什么关系？"

唐诗正在喝水，闻言转头看了她一眼，才说道："我们没什么关系，就名字沾点儿边。"

"可他对你好像挺不错的。"

唐诗怎么会不知道她的小心思，青春期的少女最可怕，她可不想蹚浑水，她想了想，才说："可能他觉得我是他失散多年的姐姐吧。"

她话音未落,宋辞就从远处走来,很自然地拿起她手里的水,仰头就喝,整个动作一气呵成,她想拦都拦不住。

宋辞喝完水,还问她:"你们在聊什么?鬼鬼祟祟的。"

唐诗看着女生离去的方向,颇为惋惜,道:"我本来想帮你找个新朋友的,现在看来没戏了。"

宋辞轻"哧"一声,说:"你还真当自己是我姐姐了,管得还挺宽。"

唐诗性子淡漠,不爱说话,好看的眸子带着冷清与疏离,不露声色。相对于同龄的女孩子来说,她太冰冷了,哪怕坐她旁边的是话痨,也不能把她的冰融掉。

她生得好看,就算拒人于千里之外,也仍然有不少人拜倒在她的美色下。

开学不久就有人来找唐诗,她瞟了对方一眼,拒绝道:"我算过命,算命先生说,单身行大运。"

对这个拒绝的理由,宋辞是佩服的。

那个男生走了,宋辞凑过去调侃:"单身行大运,你还可以拿出更敷衍的拒绝理由吗?"

唐诗伸了一个懒腰,说:"难不成你想让我说,对不起,我喜欢女生?"

宋辞再次服了,默默地给她举了一个大拇指。

宋辞有时候觉得自己旁边是一个好看的花瓶摆件。

唐诗越不露声色,宋辞就越好奇,他就想看看,不冷静的唐诗是什么样子的。

Chapter 04　我喜欢你，因为你是你

有一天班里有男同学买了塑胶假蛇来整蛊女生，宋辞看见了，就把假蛇借过来，趁着唐诗做题时，把蛇扔到她面前想吓她。

旁边的女孩子已经失声尖叫，唐诗只是微微一怔，然后有些不悦地皱起眉。她看着宋辞，语气依旧淡漠："初中时有个男生将一只老鼠塞到我的抽屉里想吓我，你知道后来怎么样了吗？我把老鼠从他的衣领里塞了进去，我不介意再做一次。"

唐诗说完，就把笔放下，站起来往外走。宋辞没料到她的反应会这么大，情急之下抓住她的胳膊不让她走，却被她甩开了。

她说："宋辞，你真幼稚。"

宋辞不知道唐诗为什么会有这么大的反应，他只是想吓吓她，看她被吓得尖叫的样子。

很显然，他的这个做法激怒了唐诗。

唐诗回来后，宋辞为了道歉，当着她的面把那条假蛇"分尸"了，唐诗连看都不看他一眼。

宋辞一连好几天都在献殷勤，可是唐诗都不搭理他。虽然唐诗以前也不怎么理他，但在他说话时还会给点儿反应，现在她是真的把他无视了。

下午上课时，唐诗没什么精神，看着窗外发呆，被老师突然提问，她站起来后一脸茫然。宋辞在纸上写了答案偷偷提醒她，她装作没看见，对老师说："对不起，老师，我不会。"

"不会你还发呆！"老师动了怒，罚她出去外面站着。

唐诗刚在走廊上站了没多久，宋辞也出来了。

她看了宋辞一眼，没说话，倒是宋辞屁颠屁颠地凑过去。

"好巧啊,我也被罚站了。"

唐诗还是没理他,气氛有些尴尬。

那时是秋季,从他们站的走廊看出去,是一大片被秋意染红的枫树林,初秋的风藏着几分夏末的余温。他们的身后传来琅琅书声,听多了就有些烦躁。

"对不起。"宋辞突然对唐诗说。

唐诗转头看向他,穿着蓝色立领校衫的少年站在阳光下熠熠生辉,唐诗似乎明白为什么他在班上那么受欢迎了。

这样一个翩翩少年郎,低眉顺眼地给她道歉,她还摆架子,反倒显得她不通人情了。

唐诗突然轻笑出声:"你知道我为什么会生气吗?"

"不知道。"

"不知道你还道歉,万一我是故意耍你的呢?"

宋辞笑了,他说:"你都有心情耍我了,我怎么好意思不配合呢?"

语罢,他们相视而笑。无意穿堂风,卷来不知名的花香,也连带着吹开他们心里的阴霾。

◆ 02 ◆

到头来,唐诗还是没跟宋辞说自己为什么那么生气。唐诗不说,宋辞也没问。

Chapter 04　我喜欢你，因为你是你

宋辞暗暗猜想，觉得应该是唐诗怕蛇，可她又想保持自己的冷淡形象，而他差点儿把她的形象摧毁了，她自然生气。

唐诗性格孤僻，在班上除了宋辞，几乎没什么交好的朋友。宋辞没见她参加什么活动，她真的就像古墓里的小龙女一样无欲无求。

所以，当宋辞看见唐诗的抽屉里有一部老式的单反相机时，那种惊喜对于他来说似乎不亚于哥伦布发现新大陆。

"你喜欢摄影啊？"宋辞问她。

唐诗当时正在看书，闻言转头看向宋辞，她整个人被笼罩在阳光下，姣好的容貌在逆光中更显柔和。

她点点头，说："这是我妈妈的。"

她把相机拿出来，目光难得温和。老旧的相机彰显着它的年代感。

"我妈特别喜欢拍照，光是我小时候的相册就有好几本。"

"你的相册？"宋辞这可来了兴趣，说，"明天你带给我看看？"

唐诗双手托腮，挑眉看着他："真人都在你面前了，你还要看相片吗？"

摄影，这是宋辞知道的唐诗唯一感兴趣的东西。但很不巧，唐诗的那部相机在不久之后的大扫除中被两个打闹的男生碰倒，从抽屉里掉出来砸到地上。

"对不起，唐诗，我不是故意的！要不我赔你一部？"

两个男生一直在道歉，唐诗从地上把相机捡起来。相机本来就旧，这一摔已经四分五裂了。唐诗尝试着把相机拼凑好，

可都徒劳无功。

宋辞当时在打扫外面的卫生,等他挤进人群时,就看见唐诗红着眼眶站起来,她抱着相机,声音带着哭腔:"好好扫地不行吗,你们跑什么!"说罢,她就推开人群往外跑。

两个男生也不是故意的,何况他们觉得自己已经道过歉了,又有这么多人看着,面子上有些过不去,就冲着唐诗的背影道:"我们不是已经道过歉了吗?你还这么凶,真小气。"

宋辞在背后踢了他一脚,说:"撞坏人家的东西你还有理了!"

然后不等那个男生反应过来,他转身就跑出去追唐诗了。

宋辞在学校转了一圈,才在科技楼楼顶找到唐诗。

她蹲在墙角,抱着膝盖抽泣。宋辞跑上楼,累得直喘粗气,看见她安全,才松了一口气。

他走过去,坐在她旁边。她转头看了他一眼,眼睛早已红肿,她急忙抹了一把眼泪。

"你来干吗?"

宋辞没有说话,走过去坐到她旁边,然后把自己的衣袖伸过去。

"干吗?"唐诗一脸不解。

"我来得急,没给你带纸巾,你就凑合凑合用我的衣袖吧。"

唐诗打着嗝,在宋辞期待的目光中从自己的口袋里掏出一包纸。

"上次你没跟我说,你为什么那么生气,这次你是不是应该告诉我,为什么哭?"等她的情绪平复下来,宋辞问道。

唐诗还抱着那部支离破碎的相机，她摩挲着相机，良久后，她才说道："这是我妈的相机。"

她顿了顿，又说道："可是我妈已经不在了。"

都说单亲家庭的孩子会有两种极端性格：一种是软弱，容易被人欺负；一种是强势，拒人千里之外。很显然，唐诗属于后者。

她性格孤僻，其实不过是不想被人知道她强势外表下的脆弱。

宋辞突然不知道怎么安慰她了，因为这种伤痛他没经历过，根本不能理解。他只知道，唐诗现在很难过，而他不想让她难过。

"那个……你的相机……我可以帮你拿去修修看。"他支支吾吾半天，才说了这么一句话。

唐诗看着他，摇了摇头，说："修不好的。"

"可以试试，唐诗，你信我一次。"

两人四目相对，唐诗看见了少年眼里的坚定，她心里某个柔软的地方被撞了一下。

下课铃响起，科技楼楼下人来人往，人声嘈杂，唐诗却觉得时间停止转动了。

她仿佛只望得见宋辞。

宋辞跑了整个城市，找了几十个修相机的工匠，都没有人能修好这部相机。

相机的款式已经很旧了，再加上摔得七零八落，不管宋辞怎么哀求，相机店的老板就是不肯修。

"都坏成这样了，修不好的，重新买一部还比较好。"

宋辞的努力唐诗看在眼里，她看着他因为这件事到处奔波，心里很是过意不去。这原本是她的伤痛，怎么就成了他的烦恼了。

"要不算了吧？"放学后，当宋辞又一次准备跑出去找人修相机时，唐诗拦住了他，"虽然这是我妈妈留下的，但是坏了就是坏了，修不好就算了。"

"可我答应过你。"

"你的心意我知道了，但相机修不好也没有办法，明天你把相机带回来给我吧。"

第二天，宋辞把相机还给唐诗，唐诗从袋子里把相机拿出来，却发现袋子里还有一个盒子。

"你拿出来看看。"宋辞一脸期待地看着她。

唐诗把那个盒子拿出来，拆开包装，发现是一部崭新的相机。

她诧异地抬头，宋辞却笑道："我答应了帮你修好相机却做不到，只能拿新的来赔罪了。"

唐诗看得出这部相机价格不菲。

她连忙把新相机放回去，拒绝道："我不能要。你帮我修相机是好意，哪有什么修不好就拿新的来赔罪的道理啊。"

宋辞却不容她拒绝，把新相机塞到她怀里。

"你就收下吧。我又不会拍照，这相机我拿回去也没用，而且这是我给你的第一份生日礼物。"

唐诗有些诧异："你怎么知道我生日的？"

宋辞说:"我在老师的办公桌上不小心看过你的个人资料,就记下来了。"

自她妈妈去世起,唐诗就没有过过生日了,所以对于宋辞知道她生日,还送了她生日礼物这件事,她格外惊讶。但这相机实在太贵重了,就算是生日礼物,她也不能收。

可她刚想拒绝,宋辞就说:"你别再说什么心领了的话,你要是真的知道我的心意,就收下它。我难得知道你有个喜欢的东西,万一你因为相机坏了就不喜欢摄影了,那我就真的不知道你喜欢什么了。"

唐诗被他逗笑,说:"我有那么神秘吗?"

宋辞却很认真地看着她说:"也不是说你有多神秘,但是我想多了解你一些。"

◆ 03 ◆

唐诗最终还是收下了那部相机。唐诗用相机拍下第一张相片,相片上的人是宋辞。

她拿着相机调好焦距,宋辞穿着白衬衫靠在窗边,风吹起白色的窗纱,许是注意到她的目光,他冲她勾唇浅笑。她快速按下快门,他惊艳的模样被定格下来了。

唐诗很喜欢这张照片,洗出来后还给了宋辞一张。

宋辞拿着那张相片反反复复地看,很是满意:"小爷我还挺帅的嘛。"

唐诗忍不住"哧"笑一声,说:"你不自恋不行啊?"

宋辞把相片收好,弯腰凑到唐诗面前。

唐诗还没反应过来,宋辞的脸就在她眼前放大,属于少年的气息袭来,她身子一僵,忘了推开他。

唐诗的脸逐渐变得滚烫,红晕从脸颊染到耳垂。

"怦怦怦",胸腔里的小鹿在乱撞着。

宋辞注意到唐诗的反应,眼里笑意更盛,倒映的全是少女羞赧的脸庞。

"难道我不帅吗?"

唐诗的脸滚烫泛红,说:"不……不帅。"

她反应过来,推开宋辞,口是心非般转过身,靠在栏杆上。

宋辞知道唐诗的性格,他再逗她的话,就过犹不及了。

宋辞挠了挠头,站在唐诗旁边,看着她笑意盈盈。

少女冰封的心在鲜活少年的笑容中渐渐解冻,像春天来临一样,宋辞就是唐诗的春天。

"宋辞,我有件事想问你。"

宋辞回过头,对上唐诗的眸子。

她的眸子依旧淡漠,宋辞却觉得那股淡漠里透着一丝胆怯,难得见她有这样的情绪。

"你想问什么?"

唐诗抬眸,直视宋辞的眼睛,认真地问道:"宋辞,你为什么对我这么好?为什么你要记得我的生日?为什么你要送我相机?"

宋辞闻言，直起身来，收敛起那份恶趣味，认真地看着唐诗。

他比唐诗高了近一个头，平时在唐诗身边都是嬉皮笑脸的，这次他突然这么认真地看着她，再加上刚才自己问的问题，她突然心里有些忐忑。

正当她内心纠结时，宋辞突然挑眉道："这不是很明显的问题吗？"

唐诗一怔，又问道："什么意思？"

唐诗直觉宋辞已经回答了她的问题，可她不敢……不敢擅自确认。

其实从第一次见面起，宋辞就情不自禁被她吸引，他像一个踏入荒岛寻宝的人，而唐诗就是那座荒岛。

他忍不住靠近她，想和她做朋友，想对她好，这一切好像不需要具体的理由，只因为她是唐诗。而他也想这样做，只对她这样做。

"没有什么理由，因为你是唐诗，你站在那里，什么都不用做，我就想对你好。"

宋辞的话像春日里追逐花信的风，轻轻融化了唐诗心里最后一层薄冰。

"宋辞，谢谢你！"

04

  周末，唐诗在一家咖啡厅帮忙。
  因为长得好，再加上跟老板娘一样喜欢摄影，唐诗刚去咖啡厅没多久，就被老板娘看重。她除了负责平时的工作，还负责拍摄店里的产品用作宣传。
  当然，这是需要支付另外费用的。
  唐诗本不想跟别人说的，但是去学校上课的时候，她把咖啡厅的传单放在书包里，想着放学之后可以顺便发一发。
  没想到课间的时候宋辞想抄她的数学作业，打开她的书包后就看到了那些传单。等她回来，他拿着一张传单问："你在这个地方帮忙？"
  唐诗的第一反应是摇头否认，但宋辞哪是这么好糊弄的。
  周末，唐诗上午去给咖啡厅开门，刚到门口就看到宋辞坐在门口的台阶上。他看到唐诗，揉了揉眼睛，说："你怎么不说你们咖啡厅十点半才开门啊？害我八点就来等着了。"
  宋辞说是来店里喝咖啡，其实一直跟在唐诗身后，唐诗做什么，他就跟着做什么。
  下午老板娘来的时候，宋辞正在收上一个客人用完的咖啡杯。
  老板娘睡到日上三竿，一边打哈欠一边走进来，看到宋辞还以为自己走错店了，准备转身走的时候，又看到了唐诗的身影。

"我就说店里怎么多了一个帮工。"

老板娘上下打量了宋辞一番,挑起她那对好看的柳叶眉:"小帅哥,你和唐诗是什么关系呀?"

唐诗站在吧台,红着脸解释:"不是不是,我跟他就是普通同学。"

宋辞怕唐诗生气,也跟着解释:"老板娘您好,我是唐诗的同学,宋辞。"

老板娘听到宋辞的名字,一下子就乐了。她怕两个"小孩"不自在,使劲儿憋着笑:"你们的名字还挺般配的。"

当天晚上,唐诗给宋辞发了消息:你明天别来了。

宋辞:我不!

第二天唐诗来开门的时候,宋辞还是在门口等着,这一次他背着书包,信誓旦旦地保证:"我这次就是来喝咖啡的,顺便做一下作业。"

他正常来喝咖啡,唐诗也不好赶客人。这家店的咖啡定价偏高,每天的客人并不多,大多是熟客。

变故发生在唐诗去咖啡厅帮忙的一个月后。

虽然老板娘说可以让唐诗六七点就回家,但唐诗基本上都会留到很晚,帮老板娘打下手。老板娘看她不走,还半开玩笑道:"我可没钱付你晚上的工时费哦。"

唐诗拿着抹布,把咖啡厅上上下下都擦得锃光瓦亮。

"不用付工时费,我想留下来多学点儿东西。"

老板娘除了开咖啡厅,还是网络上小有名气的摄影师,自己运营的自媒体账号也有不少粉丝。

老板娘一开始真的相信唐诗留下来是为了跟她学东西，但后来她才知道，唐诗只是不想回家。

周六，唐诗一如既往留在店里。夜幕降临，老板娘和兼职的男大学生在门口摆了好几张小桌子，把咖啡换成自调酒水。老板娘和她的朋友们围坐在一起，唐诗不能喝酒，老板娘就给她调了一杯果汁，她就坐着听人聊天。

酒过三巡，顶晚班的大学生弹起了吉他，氛围好得就像是一场梦。

唐诗的爸爸就是在这个时候出现的，他在马路对面徘徊，认出唐诗之后直接怒骂一声，然后冲了过来。

"死丫头，我就说你最近周末怎么都不在家，原来是在外面鬼混！"

他来势汹汹，其他人都没有反应过来。他冲到唐诗面前，抓住了唐诗的胳膊。

"我都没钱喝酒，你倒是有钱在这种地方消费，这里一杯酒顶我一箱啤酒吧？"

唐诗手里的果汁杯落地，她心里的恐惧在玻璃杯落地的那一刻全部涌现。

唐诗先反应过来，眼里满是哀求。她抓住她爸爸的手。

"爸，我没有。我跟你回家，我慢慢地跟你说！"

她很喜欢咖啡厅的伙伴们，所以她不想让大家看到她不堪的一面，不想他们知道自己有个酒鬼父亲。

唐父早些年因为投资失败，就开始酗酒，逼得她妈妈出去工作养活全家，但她妈妈赚到的钱都会被他抢去买酒和赌博。

她妈妈为了赚她的学费，常年吃饭不规律，在她小时候就去世了。

可她爸爸还是不知悔改，喝醉酒后轻则砸家里的东西，对她破口大骂，骂她是女儿，给他带来了晦气；重则对她动手，小时候她被打得满身瘀青是常有的事。

长大之后，唐诗会跑，这就是她不想回家的原因。

这里美好得像是一场梦，有关心她的老板娘，有可以谈理想的小伙伴，还有每天等着送她回家的宋辞。

可是，她爸爸还是找来了。

弹吉他的大哥最先反应过来，他放下吉他，把唐诗拉过来，自己挡在唐诗面前。

"叔叔，有话好好说，唐诗不是在鬼混。"

老板娘很护短，她也闻到了唐诗爸爸身上的酒味，猜出唐诗跟她爸爸的关系肯定不正常。

她冷着脸上前，说："酒不可以乱喝，话也不可以乱说啊。我的店是正经店，不是你嘴里说的那种鬼混的店！"

唐诗的爸爸喝醉了，哪里听得进去这些话？他步伐虚浮，酒精麻痹了大脑，直接拿起旁边的空酒瓶砸在墙上，瓶口尖锐的部分指着唐诗。

"我教育我女儿，哪里轮得到你们插嘴？她晚上不回家，在外面跟你们这些人鬼混就是不对。小小年纪不学好……"

污言秽语伴随着中年男人身上的烟酒味砸到唐诗身上，砸碎了她小心翼翼维护的梦。

特别是唐诗看到宋辞出现在店门口的时候，她彻底崩溃了。

她家里的这些事，她最不想让宋辞知道。

隔着污言秽语，唐诗的眼睛里蓄满泪水，她看着站在那里的宋辞。枯黄的梧桐落叶好像预示着什么，唐诗之前一直小心翼翼维护着自己的秘密，可当蒙在秘密上的黑布被掀起一角，刺眼又残忍的真相就会显露。

那天，唐诗第一次抵制了长达十七年的来自父权精神的压迫。她同样抓住酒瓶，跟那个满嘴酒气没尽到半点儿责任的父亲对峙。

最后的结果是，老板娘的咖啡厅门口乱作一团，唐诗不敢看宋辞，她怕在宋辞眼中看到失望。慌乱中，唐诗的爸爸朝她丢过来一个酒瓶，唐诗愣在原地，认命式地闭上眼睛，可预想中的疼痛感并没有到来，她跌入一个充满皂角香的怀抱中。

她抬起头，宋辞头上的鲜血滴落下来，滴入她的眼睛，她的世界变得猩红一片。

宋辞的声音在她耳边响起："别怕，我一直在！"

少年看穿了她小心翼翼维护的坚强，及时给出了他的答案。

……

这场闹剧以宋辞受伤暂时告一段落。

报警之后，警察把一群人都带走了。唐诗跟着到了警察局，不停地跟老板娘和其他伙伴道歉。

但她到底是未成年的孩子，遇到这种事情，自己都不知道如何处理。

她到卫生间用冷水洗脸，让自己冷静一些，老板娘出现在她身后，依旧是平日里那副随意的样子。

她解开自己的衣服，露出后背星星点点的烫伤——是被烟头烫伤的。

唐诗震惊地抬头，老板娘做了个嘘声的动作。

"我跟你一样，也有嗜赌如命的酒鬼父亲，他喝醉了之后就用烟头烫我。"老板娘握住唐诗的手，说，"唐诗，像我们这样的人，家庭是没办法给我们依靠的，所以你要做的是变优秀，并逃离这个如同地狱一般的家！"

◆ 05 ◆

宋辞的家庭条件不错，他受伤的事情他父母很重视。但他父母看在唐诗的分上，不想再追究。

唐诗知道之后，直接跑去医院。

她对宋辞说："宋辞，如果你想帮我，那就不要放过我爸爸。"

宋辞的脑袋上包着纱布，看着可怜又有些滑稽。他看到唐诗眼里的坚持，他知道，唐诗要开始反抗了。

他说："好。"

唐诗在老板娘的鼓励下，给警察提供了爸爸赌博和早年家暴的证据，宋辞也要求他父母找最好的律师。

唐诗之前不敢反抗，还试图掩盖自己不堪的家庭情况，是因为她软弱、胆小。可一旦弱者跳出恐惧的牢笼，从受害者转为旁观者，就会发现施暴者也不过如此，他们只是借着人的恐惧为自己造势。

当受害者不再害怕，他们的虚张声势就会无用。

最后的结果是数罪并罚，唐诗的爸爸被关了一年零三个月。

唐诗在本子上写了计划表，她算了算时间，一年零三个月，足够她高考完并逃离到一个全新的城市。

宋辞已经出院，他看到她在算时间，故作惋惜道："早知道我再往自己的脑袋上砸一个酒瓶子，让他再多关两年。"

宋辞是玩笑话，唐诗却红了眼眶，她抬眸看着宋辞。

宋辞一看，立刻慌了。

"哎哎哎，你这是怎么了，别哭啊！"

唐诗憋住了眼泪，扯着嘴角露出笑容。

"宋辞。"

"嗯？"

"我们考同一所大学吧。"

"我希望我以后的生活你都在。"

宋辞自然是愿意的，他拿起唐诗的计划表，在末尾加上一句：唐诗以后的世界里，都会有宋辞。

宋辞说："这句话，应该我先对你说。"

往后的高三生活，唐诗几乎是住在了老板娘的咖啡厅里。

她几乎变成了老板娘的小助理，老板娘还资助了她生活费，虽然不多，但养活自己足够了。没有了爸爸这个潜在炸弹，唐诗的生活过得安逸又充实。

高考结束后,唐诗成了咖啡厅的员工,宋辞也成了那里的常客。

出成绩那天,宋辞骑着自行车穿过大街小巷,T恤衫被风吹得鼓起,他带着满满的朝气出现在咖啡厅门口。他推开门的瞬间,咖啡厅门口的风铃响起。

满头大汗的少年眼里闪着光。

"唐诗,我们要报同一所大学,你不许反悔。"

宋辞早就把他的成绩发给她看了,而她查出来的成绩跟他只相差几分。

她眼底含笑,回应他们早就许下的承诺。

"好。"

她用青春谱诗,一行写微风不燥,花期正好,一行写午后阳光,少年心动。

唐诗一直觉得自己是冰山,孤傲得不近人情。可是她没想到自己这座冰山到了宋辞那里竟然变成了冰激凌。

人世间有百媚千红,唯有你是我情之所钟。

从此,唐诗是宋辞的唐诗,宋辞是唐诗的宋辞,不敢谈余生,但是希望今天、明天、后天你都在。

Chapter
05

樱花和情书

突然有些好奇,
下一个十年的情书,先生会写什么?

01

二零一八年立春之后,常苒苒就想着收拾一下阁楼。

她先生嫌麻烦,躺在沙发上无声抗议,她叫了几次他都不动,只能自己收拾阁楼。

她和先生都是随意派,只要是用不上的东西都往阁楼塞。就连过年大扫除,也只是扫了阁楼的灰,并没有认真打扫。

常苒苒是去闺密家,发现闺密家的阁楼干净整齐,闺密还养了绿植,特别文艺小清新,相比之下,她家的阁楼就有些"野兽派"了。为了证明自己也是精致的女人,她才燃起整理阁楼的斗志。

阁楼虽然不大,但日积月累堆的东西看着有些可怕,过年时扫过的灰尘,又积了厚厚一层。

她开了窗透气,打算用一个星期来改造自己的阁楼。

常苒苒是一名婚纱设计师,去年她先生又花钱给她开了一家婚纱店,所以她不用朝九晚五地去上班,这样她就有更多时间来整理阁楼。

她先是扫了一下灰尘,再把堆起来的东西往下面搬,用不上的就丢掉，东西太重她就把偷懒的先生叫上来搬。

断断续续整理了三天，她才整理到角落里的那堆书。书很杂，高中的课本，安妮宝贝的小说，花花绿绿的漫画书，还有类似《霍乱时期的爱情》的外国名著，装了几个满满纸箱。

先生上班去了，常苒苒只能自己撸起袖子把纸箱搬出来。但纸箱放久了，多少有些潮湿，她刚把纸箱抬起来，箱底就禁不起压力，瞬间四分五裂，里面的书噼里啪啦落了一地，还扬起恼人的灰尘。

常苒苒就埋怨起先生来，她的先生一点儿都不贴心，都不知道帮她把东西搬完了再去上班。

但埋怨归埋怨，她现在也只能自己收拾。她找了新的收纳盒，把书一本本放进去，等收拾到底部的书时，她突然发现一本硬壳带锁的笔记本。

"这不是高中的日记本吗？"她拿起来，锁因为时间太久，稍微用力一拉就开了。她盘腿坐在地上，打开自己少女时期的日记本，刚打开，里面就掉出来一封信。

白色的信封上面端正地写着一个名字——江湛。

常苒苒眉眼一弯，但片刻后又皱起眉。

她认得江湛的笔迹，可她不记得自己有收过这封信。她带着好奇与疑惑，打开了信。

常苒苒：

你不用猜了，这是一封情书，一封我给你的情书。

我写情书就是想说一件事，就是……我喜欢你，想当你一辈子的男朋友！

我收到过很多封情书，但写情书还是第一次。

我写得最多的是作文，一提笔就想写五段三分四环节的格议论文。后来同桌好像发现我要写情书，就跟我说，情书就是要表达一件事：我爱你，爱到无法自拔、不可救药。

但我想了想，我好像没有喜欢到那种程度，只是觉得你在我眼里，比其他女生好看那么一点点，性格也比其他女生讨喜那么一点点。明明一开始我去你家是为了猫咪长江，后来却是因为你。

别人都说我性格淡漠，不会哄女生，其实不是我不会哄，只是没有遇到要哄的人。当然，这是在遇见你之前。

我是一个俗气的人，见山是山，见海是海，见花便是花。唯独我见了你，云海开始翻涌，江潮开始澎湃。你无须开口，我和天地万物便通通奔向你。

我很遗憾以前没有表露心迹，但希望以后的人生有你相伴。

我可不想让其他人来当长江的后爸。

我想报的学校是B大，你想去A大也没事，反正同城，我可以去找你。

希望开学之后，我可以多一个女朋友。

……

信的落款日期是高考结束那天。

真的很遗憾,这封情书竟然被她留在日记本里,直到十年后才被她翻出来。

那年花开正好,那年青春洋溢,那年已经是很久之前的事情了。

02

常苒苒读高中的时候,从家里去学校有两条路可以走。一条近,可路上的风景乏味;一条远,但听说路边有一棵樱花树,春天的时候它会开满一树粉红的花,漂亮得不行。

高一的那个春天,常苒苒放学回家的时候,走到那个岔路口,想到现在正是樱花盛放的季节,就选择了走那条远的路。

而那棵樱花树也没有让她失望。远远地,她就看见那树梦幻般的粉红花朵。她不禁雀跃起来,等凑近了她才发现,树上有个人,还有一只白色的小猫。

穿着白衣的少年踩在樱花树的树干上,一点儿一点儿向树梢上的小猫靠近,树干因为少年的动作微微颤动,抖落下不少花瓣。

常苒苒站在树下,心也跟着揪起来,直到少年安全抓住那只猫,她才松了一口气。

少年抱着那只猫,从两米多高的树干上跳下来,正好跳到常苒苒面前。

树干不堪如此因而剧烈摇晃,花瓣飘落如雨,她仿佛陷入了一个粉红色的梦境。

常苒苒被突然跳下来的少年吓了一跳,还没有回过神来,少年就在她眼前抬起头。两人四目相对间,常苒苒觉得自己是真的回不过神了。

少年的眉眼惊艳,在樱花的衬托下更加出挑。

这是哪里来的樱花精灵,专门吸引她这种情窦初开的女孩子?樱花少年的头发上沾了花瓣,他摇头把花瓣抖落,怀里的猫呜咽一声,乖巧地往他怀里缩了缩。他摸了摸小猫的头,又瞟了一眼还在愣神的常苒苒,转头走了。

等常苒苒回过神来,少年已经捡起地上的书包消失在拐角处。常苒苒跑到拐弯处张望,只看见一个远远的背影。

这就是来去匆匆的樱花少年啊。常苒苒忍不住感叹一句。

常苒苒有着对帅哥过目不忘的花痴体质,所以那天她打扫清洁区时,那个穿着黑色卫衣的少年从围墙上一跃而下,落到她面前时,她一眼就认出他来。这就是那天她在樱花树下遇见的少年。

常苒苒他们班的清洁区在教学楼后面的空地,旁边就是围墙,偶尔他们打扫卫生时会遇上翻墙外出的学生。和常苒苒一起扫地的同学男生偏多,他们急着去打球,挥舞着扫把随意扫一下就说扫完了,只有常苒苒一个女生留下来仔细扫。谁知,她守到一枝"樱花"进墙来。

少年跳到她面前时,也是微微诧异。

Chapter 05　樱花和情书

翻墙被抓包是挺尴尬的,加上也不熟,常苒苒就假装没看见,转身背对着他去扫其他地方的树叶。

少年挠挠头,走了几步,想不通,又返回来走到常苒苒身后。

"嘿,我记得你。"

常苒苒诧异地回头,他又说:"那天在樱花树下,我没记错吧?"

常苒苒点头,心里有些雀跃,原来他记得她啊。

"你喜欢猫吗?"他问。

常苒苒回想起那天他抱着那只白色小猫从樱花树上一跃而下的样子,弯着眉眼,点了点头:"喜欢啊。"

"那你想不想养猫?"

"啊?"

"那天那只小猫,我找不到它的主人。我妈对猫毛过敏,现在它被我放在校门口超市的阿姨那里,刚刚我不放心,才翻墙出去看的。"他说完,试探性地看着常苒苒,"你能不能收养它?"

"应该可以吧,我爸妈好像挺喜欢小动物的。"常苒苒刚说完,他的眸子就亮了。

"那一会儿放学你在校门口等我,我把猫给你。"他的语气不由得欢快起来,"我是一班的江湛,你是……?"

"九班,常苒苒。"常苒苒也大方地报出自己的班级和姓名。

直到江湛走后,常苒苒才反应过来。

江湛,这不是同桌时常提起的那个自带学霸光环,还长着一张俊美的脸的美少年吗!虽然他是这个学期才转过来的,但同桌提起他的次数比提起班主任的次数还多。不过常苒苒一直没有机会见到这个传闻中的人物,没想到现在竟然以这种方式碰到了。

放学之后,常苒苒拒绝了同学一起去喝奶茶的邀请,忐忑地等在校门口。常苒苒等了十几分钟,江湛才背着书包姗姗来迟。

他们一起去超市阿姨那里接回了小白猫。江湛把小白猫抱给常苒苒的时候,心里还是不舍的。常苒苒被他依依不舍的样子逗笑了,便说:"你这样让我感觉我是一个抢了别人宝贝的坏人。"顿了顿,她又道:"以后你想见小猫咪,就去九班找我,放学后我就把它带出来。"

"不过你在学校那么有名,明目张胆去九班找我也不好……"常苒苒说完,看了江湛一眼,她有一点儿担心江湛误会自己。

误会她借着看小猫的名义让他和她产生不该有的交集。

江湛轻笑着,摸了摸常苒苒怀里的小猫:"等我想看小猫的时候就去你们班找你。不过,先给小猫取个名字吧。"

常苒苒想了想,说:"叫小白行吗?"

江湛却摇头,说:"我邻居家养的狗就叫这个名字。"

"我们是在樱花树上看到它的,不如叫它小樱?"

江湛一脸嫌弃道:"再在前面加个'百变',凑成百变小樱,好不好?"

"叫长江吧。"她说,"我姓常,你姓江,常江,长江……小猫是你捡的,我养的,正好结合了我们两个人的姓氏。"

江湛想了想,点头同意了这个名字。

他目光柔和地看着常苒苒怀里的小猫，轻声说："长江，以后你就好好跟这个姐姐过日子了，我会经常去看你的，你可千万别忘记我呀。"他说完，轻轻扯了扯小猫的耳朵，小猫睁着圆圆的眼睛看他，似乎听懂了他的话，想要努力记住他一般。

常苒苒准备带着长江回家，江湛不放心，一路跟着常苒苒。

常苒苒抱着长江回头，对他说："其实你不用送的，我自己能回家。"

他却指着她怀里的长江，说："我看看你家在什么地方，以后我想见长江了，自己也可以来。"

常苒苒把长江带回家，常爸爸常妈妈没有反对，还热心地给长江买了牛奶。长江就这么在常苒苒这里安家了。

江湛是真的很喜欢猫。第二天中午休息的时候，他就跑到常苒苒的班上找她，天知道他出现在教室门口指名道姓说要找她时，引发了班上多大的骚动，同桌更是激动地拉着她的手逼问："你是什么时候跟江湛认识的？"

常苒苒之前担心同学们知道她和江湛认识，还在思考要不要避嫌，现在看来，江湛完全没有任何避嫌的意思。

"不久。我和他刚认识，但不是很熟。"

常苒苒从同桌的魔爪下解脱后，飞快地向门口的江湛跑去。

常苒苒注意到同学们的视线，拽着江湛的袖子把他拉到一边，说："你怎么来了？"

"今天放学我跟你去看长江吧？"江湛对周遭的视线视若无睹，眼睛里只装着常苒苒。

"猫奴"名号实至名归。

常苒苒略显无奈地看着他,说:"你这猫瘾,实在是有点儿大啊。"

放学后,两人约在校门口见面,然后一起回家看小猫。

常苒苒带长江回家的那天,就把长江的情况跟爸爸妈妈说了。但当常苒苒带着江湛来到家里的时候,夫妻俩还是对视了一眼。

常爸爸是担心自家女儿被骗,常妈妈却对长得好的人天生喜欢,怎么看都觉得江湛顺眼。

常爸爸看常妈妈和常苒苒都对江湛这么热情,醋意上来了,小声吐槽:"好看好看,你就知道人好看,我可跟你说,中看不中用的可多了。"

常苒苒听到后,缓缓道:"爸,他的数学能考满分。"

常爸爸嘴硬,说:"光数学好有什么用啊,语文跟英语不好还是白搭。"

常苒苒说:"他经常考年级第一。"

常爸爸斟酌片刻,转头问常苒苒:"你年级第几来着?"

常苒苒很无奈,道:"爸,咱不能为了一个外人互相残杀啊。"

自从知道江湛是学霸后,常爸爸对他的态度转变了很多。常爸爸是邮票收藏者,但常苒苒跟常妈妈都不理解他。江湛看见了,就跟常爸爸聊了起来。

常爸爸直呼遇到知音了,拉着江湛就攀谈起来,话语里都是赞赏。

"年轻人中知道这些的不多了,小伙子,你很有眼光。"

常爸爸恨不得江湛跟他彻夜长谈,江湛准备走了他还留人家吃饭。江湛觉得不好意思，就拒绝了。

常苒苒抱着小猫咪，把人送到门口，拉着小猫咪的爪子冲江湛挥手。

◆ 03 ◆

因为长江，江湛在学校里经常会到九班找常苒苒，有时候送个猫罐头，有时候送个猫玩具，偶尔还顺带给常苒苒买杯奶茶。

那天他趴在窗户边，给常苒苒塞了一个长江的玩具后，又拿出一支好看的钢笔放到常苒苒的手心。

常苒苒一愣，抬头看他。

江湛道：“上次我来的时候，你不是在跟朋友抱怨钢笔坏了吗？”

常苒苒这才想起来，上次他来的时候，她跟朋友在走廊上说自己的钢笔被人碰掉，笔尖歪了，她在学校附近的商店看了好几次钢笔，都没有看到喜欢的，就想着周末去市中心的商店买。

没想到江湛记住了。

这一次，不只是长江有礼物，她也有。

常苒苒捧着钢笔回到座位上，心和脚步都是飘的，勾起的嘴角更是压都压不下来。

同学们看到后纷纷打趣她，说她和江湛的关系不一般。

常苒苒红着脸解释："我们只是普通同学。"然后她在心里再一次暗示自己：目前只是普通同学。

至于未来，她会努力的。

那天，常苒苒给长江开了一罐价格昂贵的罐头，然后煞有其事地跪坐到地上，看着长江吃完，小心翼翼问道："猫大师，请问我要怎么做，才能让我和江湛的关系更进一步？"

长江吃完猫粮后舒服地伸了一个懒腰，伸出爪子在常苒苒的手背上按了一下，然后就跳到窗户上，隔着玻璃望着窗外的景色。

常苒苒不明所以。但没过多久，常苒苒就明白长江那天的动作是什么意思了。

第二天常苒苒去上学，家里来了客人，大人在客厅聊天的时候，那个小孩子就溜进了常苒苒的房间，跟长江玩。小孩子不懂事，把房间的窗户打开了，他抱着长江一起看窗外的风景。人走了，窗户却没关上，长江就从窗户跑出去了。

常苒苒回到家，刚放下书包，就发现长江不见了，她直接穿着拖鞋出去找。

常爸爸常妈妈原本以为在附近就能找到长江，不承想晚餐都凉了，常苒苒也没回来。

黑云压城，一声闷雷响起后，天空下起了暴雨。

当江湛接到常爸爸的电话，并出门找常苒苒的时候，路上已经有不少积水。

常苒苒出门走得急，手机都没带，江湛找了几个地方都没有找到，眼看狂风暴雨有加剧的趋势，江湛突然想到一个地方。

他连忙跑过去，果然在他们第一次相遇的樱花树下找到了常苒苒。她全身湿透，白色的T恤衫也脏了，看样子为了找长江她摔了不少跟头。

她抱着长江，蜷缩在公园的樱花树下，听见脚步声便抬起头。她在看到江湛的那一刻，红彤彤的眼睛里又蓄满了泪水。

常苒苒把长江递过去，抽泣道："长江没丢。"

江湛却蹲下身，替她擦去泪水。

常苒苒僵住了，江湛关心的声音在她耳边响起。

"下次你别一个人找。"

04

常苒苒小心翼翼地藏着心思，不敢让任何人发现，只有到深夜她才敢抱着长江吐露一点点心声。她像是深海小鱼一样，小小的心事变成泡泡，长江就变成了她的汪洋。

周五放学后，江湛在常苒苒的班级门口等着她一起回家看小猫。

回家的路上，常苒苒"叽叽喳喳"说个不停，她有点儿小话痨的属性，在熟人面前，说话就停不下来。她自认为和江湛已经算是熟人了。

"你知道吗，前几天年级主任抓到了一些谈恋爱的人，我们班就有好几个。"她绘声绘色地形容，好像抓人的场景她亲身经历了一样。

常苒苒说："其实我觉得他们挺勇敢的，但是考上大学后再恋爱会更好，两个人一起努力考上同一所大学，就可以从穿校服到穿婚纱了。以后结婚了，在很多人面前说自己跟另一半是学生时代就在一起的，他们肯定很羡慕。"

江湛的关注点有些奇怪："为什么要和很多人分享？"

"同学、同事、朋友、亲戚，这些加起来不就是很多人吗？"

江湛闻言，皱眉说道："我不喜欢这样。我的幸福要自己藏起来，不想分享给别人。"

常苒苒一听就急了眼，争论道："可你这样就很不公平，万一你喜欢的人就是想要很多人知道呢？反正我是一定要分享的。"一连串的语言攻击，连她自己都不知道说了什么。

江湛见她急了眼，只好妥协："行行行，就按你说的办，你想分享就分享，想怎么做都行。"

"这样才对嘛。"常苒苒这下满意了，嘴角噙着笑，步伐欢快地走了几步。然后，她突然顿住了。

她回头看向江湛，江湛似乎也反应过来了。

他避开常苒苒的眼神，心虚地看向其他地方。两人后知后觉地感到脸颊发烫，然后红晕爬上了脸颊。

常苒苒有些自乱阵脚，她苍白地想要解释，却说不出一句连贯的句子，刚才那个言辞犀利的常苒苒好像是假象。

"你别误会，我刚刚胡说八道的……"

他们正好走到樱花树下，樱花开放的季节已经过去了，树枝上残留着一些还没完全掉落的小花瓣，微风一吹，小花瓣就受不住，从树枝上落下。

两人在花瓣稀疏的树下四目相对，空气中弥漫着一种无声的情愫。

那就是他们独有的少年时期。

江湛后来回忆起这件事时，记忆中的常苒苒在前面轻行，阳光躲过枝头，跳到她的裙角，上面绣着不知道名字的花骨朵儿。微风吹过，她回头看他，没有说话，只是笑。

常苒苒升入高三后，长江也两岁多了，它不再像以前那样温顺怯懦，猫主子的天性完全觉醒。每次江湛和常苒苒靠近，它的眼里都带着"尔等刁民找朕何事"的傲娇。

高三课业加重，江湛去看长江的次数也减少了。

江湛念的是理科，常苒苒念的是文科，江湛数学成绩年级第一，常苒苒的数学及格就阿弥陀佛了。

有一次小考后，江湛跟着常苒苒回家看长江。

他在院子里逗猫，常苒苒拿着刚刚及格的数学卷子被常爸爸训。他等了一会儿，看时机差不多了，就进去帮常苒苒解围。

他站到常苒苒身边，对常爸爸说："叔叔，我来帮小苒补习吧，我的数学成绩不错的。"

常爸爸正准备说什么，就被常妈妈一把按住。

"那就麻烦你了，我们家苒苒比较笨，麻烦你多费点儿心啦。"

常苒苒其他科目的成绩都不错，就是数学拖后腿。江湛教了几天后，觉得常苒苒的脑子可能没有开发数学这项功能。

江湛一脸无奈，刚拿起一本书，常苒苒就条件反射地护住头，道："虽然我妈让你当我的家教，但你可不能因为我太笨就打我，我……我会恨你的。"

"我打你，你就会做题了吗？"江湛屈起食指，敲了一下她的小脑袋，"我还就不相信了，我数学成绩年级第一，还教不会你？"

江湛说，他是为了自己的尊严而战，才给常苒苒恶补数学的。换了一个老师，一向在数学课上打瞌睡的常苒苒总算对数学有了一些兴趣。

休息时，常苒苒吃着江湛买来的香草味冰激凌，问靠在窗边的江湛："江湛，你想考什么学校？"

"B大。"

B大啊。

常苒苒在心里暗暗算了算自己的成绩，其他科目还行，就是数学太差劲了。如果数学成绩能提上去，她考B大应该没问题。

虽然她心里是这么想的，说出口的话却是："我想考A大，帅哥多，听说那儿的伙食还特别好。"

江湛挑眉道："有出息。"

05

常苒苒就带着这个小心思默默地努力。

常苒苒的数学成绩在模拟考试中一次次提高，原本她只有数学分数低，现在数学成绩提上来了，年级排名也跟着提高。常爸爸常妈妈那叫一个高兴，江湛来看长江的时候，他们留他吃晚饭，完全把他当成大功臣看待。

常妈妈在饭桌上旁敲侧击打听江湛以后的打算，问到江湛想去的学校之后，常妈妈看了一眼常苒苒，道："B大啊，不知道我们苒苒能不能考得上。"

常苒苒正准备说没问题，江湛就说："她想考的是A大，以她的成绩完全没问题的。"

常苒苒听到他这么说，心里有股闷气。

他就一点儿不希望她跟他去同一所学校？

常苒苒越想越气，愤愤地扒了一口饭，说："A大多好，说不定我还可以找个男朋友回来。"

江湛夹菜的动作一怔，然后抿嘴一笑，说："你记得眼光好一点儿，不然对长江不好我可不依。"

角落里的长江很配合地叫了一声。常苒苒心里崩溃，"猫奴"眼里果然只有猫，敢情他对她找男朋友这件事唯一的意见是对长江好一点儿。

高三的时光总是匆忙又过得飞快的，等他们反应过来，已经临近高考了。

高考前的一个多星期，江湛都没有再来看过长江。直到高考结束那天，江湛再次来到她的教室门口，等她一起回家看长江。

那天到了她家之后，江湛却显得有些心不在焉，他怀里的长江感应到了，一直"喵喵喵"叫个不停。

常爸爸常妈妈出门买菜没有回来，家里只有他们和长江。

江湛撸猫，常苒苒在一旁写卷子，不知道过了多久，江湛伸手推了她一下。

"那个，常苒苒，我饿了。"

常苒苒正在算一道数学题，头都没有抬一下，就说："我爸妈差不多要回来了，你留下来吃饭就行了。"

江湛却不依不饶道："我现在就饿得不行，中午没有好好吃饭，现在有些胃疼，你给我下碗面条垫垫肚子也行。"

常苒苒拗不过他，只好放下笔，起身去厨房给他煮面条。

现在想来，江湛应该是那个时候偷偷把这封情书塞到她的日记本里的。可是江湛不知道，她的日记本只剩下最后一页，情书被塞进了扉页。那天她打开日记本，翻到最后一页，根本没有发现那封情书。之后那个日记本就被她锁起来，直到十年后的今天才得以重见天日。

◆ 06 ◆

常苒苒放下情书，用脏兮兮的手背擦了一把汗，胸口有些沉闷，道："竟然现在才看见。"她叹了一口气，语气里有惋惜，有不甘。

她盘腿坐在地上，久久不能回神。

Chapter 05　樱花和情书

　　她拂去日记本上的灰尘,刚想继续收拾东西,就听见楼下传来汽车的引擎声。她站起来,跑到窗口往下看,是先生回来了。

　　她整理了一下自己的情绪和面部表情,拿着那封情书下了楼。

　　她走到一楼客厅的时候,先生正好开门进来,他看见她一脸严肃地站在玄关处,身上还围着小围裙,不禁觉得好笑,边换鞋边笑道:"怎么了,收拾阁楼把你愁成这个样子?"

　　"先生,"她很认真地喊他,然后把藏在背后的情书拿出来,对他说,"我发现了一封情书,是十年前一个喜欢我的男孩子送给我的。"

　　先生刚换了一只鞋,听见她这么说,抬起头。他看见她手里的信封,神情有些恍惚。片刻后,他皱起眉头,想去抢她手里的情书,她却快他一步,闪身进了客厅。

　　先生换好鞋追上去,语气有些不自然:"你看了信?"

　　常苒苒点头,连眉眼都是上挑的。

　　"很认真又很仔细地看完了。"

　　先生的表情更加不自然,抿着嘴角,然后一言不发地转身准备上楼。

　　常苒苒看他那个样子,忍俊不禁,追上去道:"先生,你难道不想说些什么吗?你的妻子我十年前就收到情书了。"

　　先生不说话,闷着头往楼上走,常苒苒不依不饶地跟上去:"先生先生,你真的不说些什么吗?先生,江先生,江湛先生!"

　　"常苒苒!"江湛绷不住了,回过头捏住她的脸,原来他早已经脸颊泛红。

他原本以为,当初她看不见就再也看不见了,谁知道整理阁楼竟然把它翻出来了!

"先生,当初我跑去跟你告白的时候,你可是一副勉为其难答应的样子。今天我突然发现,你其实早就对我有了心思啊。"常苒苒摊开那封情书,欣赏起来。

"真是没想到,我家江先生竟然会写这种甜腻腻的情书。我比别人可爱,比别人讨喜,还说什么我无须开口,你和天地万物便通通奔向我……先生,现在你怎么不跟我说这些话了?"

常苒苒的话还没有说完,就被江湛一把拥住。

江湛勾唇一笑,说:"我的老婆大人,你又顽皮了,是不是?"

……

常苒苒自然知道自家先生不是那种会花言巧语的人,所以她没有再为难他。反正她知道他爱她就足够了。

说不定下一个十年,她又从哪本书里翻出一封他写的爱意满满的情书。

情书不用多,一封就够她幸福十年了。

她突然有些好奇,下一个封年的情书,先生会写什么。

Chapter 06

爱在屋檐下

我跟他们不一样，
我喜欢的是你整个人。

01

年初,顾晴天租的这栋公寓的房东老太太因为身体不适,被家人接回家养病,因此,顾晴天也换了一个房东,新房东是老太太的儿子。

顾晴天跟房东老太太关系不错,老太太搬走后,她还没有从不舍的情绪中缓过来,就迎来了一个新租客。

这本来就是合租房,只是以前房东老太太见她独自生活,就没有把另外一间房租给别人。关于这一点,顾晴天一直对老太太感恩戴德。所以对于新租客,她并没有不满,只求自己不要遇到一个奇葩。

新租客搬进来那天,她睡到日上三竿,迷迷糊糊听见客厅有声音,她吓得一个激灵,第一个反应是家里进贼了。她坐在床上蒙了好一会儿,才回想起房东大叔说今天新租客会搬来。

顾晴天松了一口气,倒回床上又眯了一会儿。

顾晴天爬起来后,打开卧室门,就看见客厅里站着一个人,这应该就是她的新室友。

男生留着寸头,穿着白色T恤衫,搭配黑色的裤子,背对着她站在客厅的落地窗前,阳光倾斜进来,在他身边镀了一层暖光。

顾晴天暗暗地打量他,他敢留这种考验颜值的发型,看来对自己的样貌很有自信。

他的东西不少,大大小小的行李占满客厅,连个落脚的地方都没有。

顾晴天问道:"你就是新来的租客吗?"

男生闻言回头,顾晴天看一眼就觉得惊艳。他这个颜值确实配得上寸头,顾晴天在心底暗暗确认。

两人简单打了招呼,顾晴天就准备回房间,她刚转身,又想起什么似的问道:"你有女朋友吗?"

苏黎朗不明所以,看着顾晴天。

顾晴天说:"我之前的舍友跟一个男生合租,那个男生有女朋友,所以招来了一些小麻烦。"

苏黎朗道:"我单身。"

顾晴天点点头,说了句"你先忙"就回了房间。

等她换好衣服出来,客厅里堆积的大件行李已经不见了,只留着一些包装袋,她拿出扫把,简单地打扫了一下。

苏黎朗收拾好行李从房间出来,发现杂乱的客厅已经被顾晴天收拾干净了。

苏黎朗找到在厨房做饭的顾晴天,道了谢,顾晴天爽朗地表示只是举手之劳,几句话拉近了两人的距离。

顾晴天是一名小有名气的网络主播,她非常清楚自己的优势，艺术学院毕业，能歌善舞，平时她在网上唱唱歌、跳跳舞，过着一人吃饱全家不饿的生活。

做网络主播靠的不仅仅是才艺，颜值也是实力的一种。

顾晴天认为自己的实力不差。

顾晴天一般晚上直播。她还在念大学时就已经住在这间公寓了，毕业后也懒得搬。她随心惯了，突然搬进来一个人，难免让她收敛不少。

她直播完，已经晚上十一点多，她关掉设备出来喝水的时候，苏黎朗就坐在沙发上看电视，客厅没开灯，电视上闪动的灯光时明时暗交替着打在他脸上。

他听见开门的动静，转头看向顾晴天。

"我吵到你了？"房间的隔音不是很好，顾晴天有些不好意思，"我下次声音小一点儿。"

苏黎朗伸了一个懒腰，换个姿势面对她："你唱歌挺好听的。"

顾晴天坦然接受赞美，笑着点头："有眼光。"

顾晴天走到冰箱前，从里面拿了两罐饮料。她走到客厅，递了一罐饮料给苏黎朗。苏黎朗接住饮料，打开喝了一口后，问："你在这里住了多久？"

"我大二开始租的，现在毕业都快一年了。"

"你的工作就是唱歌？"苏黎朗又问。

顾晴天点点头，说："那你呢？"

苏黎朗往沙发上一靠，换了一个舒服的姿势："我毕业三年，在大城市待不下去，家里的老人身体不太好，家人就催着我回来结婚。"

顾晴天笑道:"那还挺困难的,你现在单身,离结婚还远着呢。"

"是啊,本来工作就难做了,没想到老婆更难找。"

两人插科打诨一阵,熟络了不少。

公寓是两室一厅,卫生间和厨房是公用的。

顾晴天出来就是为了洗澡,苏黎朗在客厅里她不好意思,好在闲聊了一会儿,苏黎朗看出她不好意思,开了灯关了电视,就回房间了。

顾晴天舒舒服服地洗了个澡,当她拿着毛巾边擦头发边回房间的时候,听见苏黎朗房间里他打游戏的声音。

她摇摇头,把这种来自新房客身上的怪异感觉抛之脑后,快步进了自己的房间。

苏黎朗不像顾晴天,他搬来没多久就找到了一份工作。虽然不知道做什么,但他每天朝九晚五地工作,看起来很是充实。

顾晴天也起得早,下楼晨跑回来后吃早餐。以前她只做自己那份,但她看苏黎朗每天忙着出门,没时间做早餐,就顺带帮他做了一份。吃完早餐,她就开始一天的宅家生活,哼首小曲,练下瑜伽,天气好的时候,她就到阳台上看书晒太阳。

傍晚不直播的时候,顾晴天会到小区外的广场跟大妈们跳广场舞或者练太极。

她本来就是学这个的,不管是跳广场舞还是练太极,她都有模有样。她颇受大妈们的喜爱,还当起了免费教练,帮她们纠正动作。

苏黎朗下班回来路过广场,觉得广场舞队伍领舞的人有点儿眼熟,就退回来看,领舞的姑娘可不就是顾晴天。

他的嘴角抑制不住上扬,他穿着上班的黑色西装,外套搭在手上,站在一旁饶有兴味地看着。

好不容易等到一曲歌结束,顾晴天停下来休息,她转身的时候,看见苏黎朗看着自己,有些不好意思地挠挠头,朝他走过去。

"你下班了啊。"

苏黎朗点点头,嘴角还是忍不住上扬:"你年纪轻轻就当上广场舞领舞,前途不可限量啊。"

顾晴天知道他在打趣自己,不以为然地耸耸肩,道:"以前是房东老太太喜欢跳舞,她看我在家里没事干,就叫我一起跳,跳着跳着,我就成了广场舞一霸。"

她把手往后一挥,豪迈道:"爱卿,这是朕为你称霸的广场。"

她古灵精怪的样子实在讨喜,苏黎朗没忍住,朗声笑了出来。

跳完舞,也到了直播时间,顾晴天拿了东西跟着苏黎朗回了公寓。她洗澡、换衣服、化妆后,开始了直播。

02

苏黎朗搬来半个多月后,房东拜访了他们的公寓。

Chapter 06　爱在屋檐下

苏黎朗一大早就出门上班了,房东有钥匙,自己就进来了,他在客厅和阳台转了转。房东大概看了一下苏黎朗的房间,就去敲了顾晴天的房门。

新房东刚接手这栋公寓的时候,顾晴天跟他碰过面,是一位和蔼可亲的大叔,眉目颇像老太太。

"与你合租的那个小子,没给你惹麻烦吧?"新房东问她,"不过我妈之前说过,不要把这间房间租给别人,让你自己住……"

顾晴天忙说:"本来就是合租房,我以前一个人住着也怪不好意思的,现在搬来新租客,我算多了一个舍友,以后电灯马桶什么坏了,还有免费的修理工。"

人情世故顾晴天还是知道的,以前房东老太太对她好,才让她一个人住着这间公寓,她已经很感谢老太太的照顾了。

不过也不知道顾晴天是不是乌鸦嘴,白天她跟新房东说新租客是免费的修理工,晚上她直播的时候,公寓突然电压不稳,电灯闪了几下,就停电了。

顾晴天的直播被迫中止。

这间公寓是老式公寓,虽然定时维修,但还是有电闸跳闸的情况。以前遇到这种情况,顾晴天都是自己去将电闸复位。

她坐在椅子上愣了一会儿,叹了一口气,才站起来走出房间。她听见卫生间里有动静,下一秒,卫生间的门打开了。她打开了手机的照明功能,灯光照过去,苏黎朗走了出来。

他只穿了一条长裤,上半身裸着,头发湿漉漉的,明显是洗到一半停电了,热水也停了,匆匆忙忙用冷水把身上的泡沫冲干净。

顾晴天幸灾乐祸地笑出声，苏黎朗看着她，竟然有些害羞，只能板着脸不说话。

顾晴天安慰他："以前我也遇到过这种事。有一年冬天，我正洗着澡就停电了。寒冬腊月，我用冷水把沐浴露冲干净，那种感觉就是'透心凉，心飞扬'。"

"那看来我比你好一点儿。"苏黎朗的脸色稍稍缓和。

顾晴天准备叫师傅过来修理，苏黎朗拦住了她，她不明所以地望着他，黑暗里，她的眸子格外明亮。

苏黎朗不自然地移开眼睛，说："应该是跳闸，我去看看，明天再叫师傅来修吧，现在太晚了。"

他说完就回房间穿衣服，出来的时候也用手机开着手电筒。他让顾晴天带路去电房，顾晴天轻车熟路地带他过去。

果然是跳闸了。

苏黎朗正准备将电闸复位，房东大叔就打来电话，告诉他们跳闸的原因是电线烧了，祸及整栋楼，让他们等专业的师傅过来。

两人回到公寓里，顾晴天举着手机打量了苏黎朗一番，忍不住感叹道："你说你这种条件，怎么就沦落到被家里人逼婚呢？"

苏黎朗坐到沙发上，找了一个舒服的姿势靠着，笑道："好看是不能当饭吃的。"

"可长得不好看，容易让人吃不下饭。"

苏黎朗被她认真的样子逗笑，斟酌了一下用词，对她微微一笑："虽然说兔子不吃窝边草，但是现在我接触的只有你一个女孩子，家里催婚催得厉害，要不你跟我回家得了？"

顾晴天知道他是在开玩笑，走过去坐到他旁边，学着他的样子往沙发上一靠，道："那你可来晚了，像我这种好女孩，房东老太太已经提前订了我做她的孙媳妇了。前不久新房东来了，也说了让我做他儿媳妇的话，我这也算是见过家长了。"

手机被她随意地放在茶几上，灯光照到屋顶。昏暗的灯光中，苏黎朗看向顾晴天，眸子微垂："你跟房东老太太关系很好？"

顾晴天"嗯"了一声。

"大二我就在这里住了，觉得老太太一个人挺孤单的，经常闭门不出，在屋子里听戏曲。我是学这个的，那天给老太太唱了一段，老太太就记住我了。"

苏黎朗认真地听着，然后问道："她有说过她的家人吗？"

"有啊。她说她的儿子、儿媳妇和孙子都在外面工作，这栋公寓是她老伴留下来的房产，她舍不得走。其实从老太太说的话来看，她孙子的条件其实不错。"

"你见过他？"

"没有。他之前来过，但我当时生病了，没见着。"

"说不定他见过你呢？"苏黎朗道，"老太太那么喜欢你，肯定也经常跟她孙子念叨你。"

顾晴天闻言，突然扶额做惋惜状："那完了，如果他真的见过我，还一点儿反应都没有，估计我跟他没戏了。"

苏黎朗无奈地笑笑，这姑娘还真的是思维活跃。

苏黎朗看着她古灵精怪的样子，忍不住笑出声。

顾晴天没把苏黎朗的话当真。两人在客厅里坐了一会儿，电一直没来,她拿着手机照明,草草地洗了把脸,就回房间了。

两人在门口互道了晚安。

两人面对面的时候情绪尚能隐藏,回到一个人的小房间后,心都有些澎湃起伏。

顾晴天不断回忆着苏黎朗的话,她有些后悔,即便知道那是玩笑,她也应该当机立断地答应他,让他措手不及,看他怎么办!

03

房东老太太没生病之前,她儿子跟儿媳妇都在外地工作,她生病之后,她儿子就回来接手了房东的位置。

房东大叔来公寓住的频率并不高,因为家里还有老太太要照顾。

那天顾晴天晨跑回来,正好碰到房东大叔来检查房子的消防问题。房东大叔看见她,特意把车停下跟她打招呼,寒暄了几句,房东大叔突然说道:"老太太一直念叨着你呢,非嚷着要回来听你唱歌,还说要是你真的成了她的孙媳妇,她就满意了。"

这种话顾晴天听了无数遍,早就免疫了,但这次房东大叔刚刚说完,顾晴天就看见苏黎朗从拐角处走出来。

她一怔,反应过来时话已经脱口而出了。

"奶奶想听我唱歌的话,我随时可以唱给她听,只不过孙媳妇什么的不太可能了。"

房东大叔没说什么，和她道了别，踩下油门就走了。

都说脱口而出的话是自己心里最真实的想法。刚刚房东大叔说那些话的时候，她是在看见苏黎朗后才下意识反驳，她的声音有些大，似乎是故意说给苏黎朗听的。

她是想澄清什么吗？

大概是想澄清她不想做老太太的孙媳妇，她想……她应该是有了喜欢的人了。

苏黎朗走到她面前，他今天穿着很显成熟的西装，可是很奇怪，这种成熟的西装却被他穿出又雅又痞的气质。

苏黎朗面如冠玉，剑眉星目，是很招女孩子喜欢的长相。

可能因为性格和眼光太高，顾晴天一直没有谈过恋爱。她不知道自己对苏黎朗的感觉是不是喜欢，只是觉得在他走向自己的那一刻，她的心底生起一阵风，荡起涟漪无数。

"你发什么呆呢？"苏黎朗亲密又自然地戳了戳她的额头。

顾晴天有些脸热，没搭理他，转身飞快地跑进楼道。

他抿着嘴角笑。他没猜错的话，刚才她是害羞了。

晚上苏黎朗回来的时候，顾晴天正在广场上陪老大爷练太极，她眼睛的余光一瞥到苏黎朗，便停下了动作。

苏黎朗也看见了她。两人遥遥相望，苏黎朗勾唇一笑，她就冲他飞奔而去。

无法言说的情愫藏在奔跑时刮过脸颊的风里。

顾晴天和苏黎朗同框的次数多了，和顾晴天一起跳过舞、练过太极的叔叔阿姨们都觉得两人的关系不一般，私下已经默认他们是一对恋人了。

有时候苏黎朗一个人去附近的商店买东西,老板都会给他塞一包零食或者一瓶饮料,再补一句:"买这个吧,你女朋友喜欢。"

苏黎朗不反驳,拿着东西一起结了账。

苏黎朗周末不用上班,顾晴天又宅,两人就只能窝在家里看电影和美剧。

晚上顾晴天直播,苏黎朗就做饭,顾晴天直播完,他熬的香气浓郁的排骨汤正好出锅。两人的生活过得散漫又惬意。

秋分后的第一个周末,苏黎朗原本想跟顾晴天一起出去吃饭,但一大早顾晴天接了一个电话就出门了。一个小时后,她给他发了一条信息:我大学同学来看我,我们一会儿回公寓,可能会吵到你,你做一下心理准备。

顾晴天提前跟他打招呼,就是担心同学叽里呱啦的会吵到苏黎朗。

她带着同学回到家的时候,却发现苏黎朗竟然准备了零食和水果,他以一副男主人的姿态出现在众人面前,嘱咐她们玩得开心。

结束这一番引人遐想的操作后,他轻飘飘地离去,留下面面相觑的顾晴天和众人。

谁家合租室友会做这样的事啊!

好好的同学小聚变成了顾晴天的审判会。顾晴天被几个人围在沙发里,她坐着,等待着审问降临。

"你说,什么时候家里藏了一个极品帅哥?"

"你们现在是什么关系?他是不是在追你?"

顾晴天无辜地眨眼睛,试图用可爱蒙混过关。

"你别装可爱,好好交代。"同学们都是一副铁面无私的样子。

顾晴天被逼无奈,只能交代了来龙去脉,末了还补充了一句:"我们真的只是合租的关系。"

她对苏黎朗是有好感的,至于苏黎朗是不是想追自己,她真的不知道。她在外面的解释,房间里的苏黎朗听得一清二楚。

苏黎朗会和她有一样的感觉吗?都说兔子不吃窝边草,苏黎朗会对她这株草动心吗?

晚上,顾晴天送走同学们后回到家里。苏黎朗在房间里没有出来,她今天一整天心情都乱糟糟的,苏黎朗会喜欢她吗?

在此之前,她一直对自己很有信心,不管是外貌还是才艺,她一直都是佼佼者。

可在苏黎朗面前,她突然迷茫了。

她引以为傲的优点到了苏黎朗面前还能算优点吗?

原来那么自信张扬的她,在心上人面前也会变得不自信啊。

04

往后几天,顾晴天都被这个问题困扰着。她心不在焉,直播的时候都不在状态。

没过几天是一个大学同学的生日,对方也邀请了顾晴天。她下午给苏黎朗发了信息,说晚上不用做她的饭。

顾晴天本以为这场生日宴只有几个熟人,到了目的地才发现有十几个人,长年宅在家里的顾晴天突然有些不适应,给寿星送完生日祝福后,她就坐在角落里玩手机。

她下午给苏黎朗发的消息,直到晚上九点多他才回。

"你在哪儿吃饭呢?"

顾晴天给他发了定位后,就被同学拉去拍照了。

顾晴天不太适应这种场合,原本想找借口先离开,不承想外面下起了暴雨,她只能坐到饭局散场。

饭局散场的时间是十点多,其他人意犹未尽,都说要下一场继续。顾晴天想推脱,但外面下着暴雨,她打不到车,同学们又一直邀请她。她往外走的时候,有个喜欢动手动脚的男生更是借着醉意把手搭在她的肩膀上,半个身子都压了过来。

"哎呀,晴天,大家那么久没见,就一起去玩嘛,大不了晚上我开车送你回家。"

那个男生话音刚落,苏黎朗就出现了,他把顾晴天拉了过来。

那个男生不满地看着苏黎朗,说:"你谁啊!"

苏黎朗略带歉意道:"不好意思,我是她的合租室友,忘带钥匙了,我得让她跟我回家开下门。"

顾晴天正为难,有人解围当然开心得不行。

"是啊是啊,我们家是指纹锁,他的指纹还没录上去,只能刷我的指纹才能开门。"说罢,她就拉着苏黎朗走了。

苏黎朗是开车过来的,直到坐上副驾驶座,顾晴天才反应过来。

"你怎么在这儿?"

苏黎朗握着方向盘直视前方,说:"我刚好在这附近谈业务,想着这个点你打不到车,就等你一会儿。"

顾晴天"哦"了一声,却注意到他现在穿的衣服不是今早出门的那套,再仔细一闻,他身上有好闻的沐浴露的清香。

他哪里是顺路等她,是特意回家洗了澡换了身衣服再出来的。

一瞬间,车窗外的狂风暴雨,把顾晴天最近的不愉快都冲散了。苏黎朗看见她抿着嘴角笑也跟着笑起来。

"你笑什么呢?"

顾晴天耳根子发烫,别开脸看着车窗外。

"我在笑,我守得云开见月明了。"

晚餐忙着给寿星助兴,顾晴天没怎么吃东西,回到家洗完澡,她的肚子有些饿了。

她想煮一包泡面,却发现苏黎朗已经在厨房里了。因为发现苏黎朗特意回家洗了澡再出门接她这个小秘密,她的胆子也大了一些。

她走进厨房,站在苏黎朗身后。

"我的面要加煎蛋。"

苏黎朗低着头切葱花,听到她的话后轻轻"嗯"了一声,然后放下菜刀,转身去拿鸡蛋。

顾晴天以为自己挡到他了,往后退了一步,他却直接伸手,环着她的身体去拿她身后柜台上的鸡蛋。

　　这个姿势，从旁人的角度看就是苏黎朗把顾晴天揽在怀里。

　　顾晴天的脸就压在苏黎朗的胸膛上，他边拿东西边说："你要一个鸡蛋还是两个鸡蛋？"

　　他说话时胸腔里的共鸣声在顾晴天的耳边响起，顾晴天本能地抬手抵住他的胸膛，在他怀中抬头，说："一……一个就够了。"

　　苏黎朗轻笑出声，低下头去看她，因为身高差，再加上这样的动作，两人的鼻尖几乎碰到了一起。苏黎朗不说话，只是笑。

　　他是故意的！

　　顾晴天跌进了他的目光里，挣扎未果，越陷越深。

　　顾晴天脸一红，推了他一把，然后弯腰从他的手臂下钻了出去。

　　苏黎朗站在原地，一只手拿着一把青菜，另一只手搭在柜台上，手指轻轻敲打着柜面。

　　顾晴天在确定苏黎朗对自己也有意思后，整个人如释重负，工作也变得开心了不少。她换了一身衣服，洗脸化妆，开始准时直播。

　　顾晴天在网上的人气并不是很高，但她有很忠实的粉丝。经常给她送礼物的粉丝她也记得，今天她刚刚打开直播软件，跟粉丝闲聊了几句，还没有开始唱歌，就有人给她送了礼物。

　　她注意了一下送她礼物的粉丝名字：苏黎朗。

　　她的心突然"咯噔"一响，他要干吗？

Chapter 06　爱在屋檐下

虽然她直播的时候，苏黎朗在自己的房间里能听到声音，但他从来没有进过她的直播间，他这次突然进来，还送了礼物……

顾晴天想起今天发生的事，心口酥麻，萌芽的种子好像正一点点冒出地面。

不过她正在直播就没想那么多，打开了伴奏就开始唱歌。

她开始唱歌后，苏黎朗送的礼物越来越多。她以前也收过这样的大礼物，但一次性收这么多还是第一次。

她一边直播，一边拿着手机给苏黎朗发短信："你干吗？"

苏黎朗很快就回复了她："给你送礼物啊。"

"我当然知道你在送礼物，但你这是什么意思？"

苏黎朗却答非所问："那别人给你送礼物代表什么意思？"

"喜欢我唱歌啊。"

"那我跟他们不一样，我喜欢的是你整个人，所以要多送一些礼物。"

他刚刚把这句话发过来，顾晴天又被送了好多礼物。

顾晴天被他那句"我喜欢的是你整个人"整蒙了，拿着手机半天不知道回什么，粉丝见她不唱歌也不说话，纷纷留言关心。

苏黎朗也发来一条信息："你别发愣了，你的粉丝在看着呢。"

顾晴天这才回过神。她放下手机，看着镜头，却不知道说什么。这时，苏黎朗的短信又发过来了。

"家里催婚催得紧，如果你对我也有那么一点儿心动的话，我们在一起试试吧。"

顾晴天看着手机，没说话，苏黎朗又发了一条信息："你讨厌我？"

顾晴天想了想，下意识摇头。

而她的一举一动也被直播间的观众注视着，苏黎朗自然也看见了。

他又问："你喜欢别人？"

顾晴天还是摇头。

"你不讨厌我，又不喜欢别人，那我是不是可以理解为我们之间是有可能的？"

顾晴天怔住了。

顾晴天揉了揉脸，回过神后对着镜头，恍惚地说道："我好像……该找男朋友了。"

顾晴天的直播内容是唱歌，偶尔跳舞，也是保守的舞蹈。她吸引粉丝完全是靠动听的声音，所以女粉丝居多，她说了这句话后，留言区的画风瞬间就变了。

粉丝们纷纷给顾晴天推销起自己的哥哥、邻居。

顾晴天看着留言，笑得眉眼弯弯："我想找一个身高182厘米的男朋友，因为我的手机号码开头是182。"

苏黎朗的身高正好也是182厘米。

顾晴天又道："最近我比较喜欢那种能把白衬衫穿出又雅又痞气质的男生。"

苏黎朗看了一眼自己身上的白衬衫，又雅又痞……他应该符合吧。

"最好还要留着寸头，因为这种发型特别考验颜值。如果寸

Chapter 06　爱在屋檐下

头好看,那就完美了。"

苏黎朗欣慰地摸了摸自己的寸头,嘴角快要咧到后脑勺去了。

他再也顾不上其他的,站起来朝外面走去。

顾晴天正说着自己对未来男朋友的要求,房间的门就被人从外面打开了,苏黎朗站在门口,笑得意味深长。

顾晴天颇为羞涩,还没来得及说其他的,苏黎朗已经朝她走来,他走进镜头中。

苏黎朗冲她伸手,她没反应过来,就没躲。

苏黎朗勾唇一笑,扣住她的后脑勺吻了下去。

顾晴天一惊,美目蓦地瞪圆。

这可是在直播啊!

直播间里不明真相的粉丝在嚷嚷着有人非礼他们的偶像,精明的粉丝却已经了然——这就是一场欺负单身人士大戏。

这种美好的氛围,被这么多"电灯泡"看着,苏黎朗难免不自在,他一只手抱着顾晴天,另一只手摸索着拔了电脑电源,然后把顾晴天从椅子上抱到桌子上。

顾晴天被他抱到桌子上双腿分开坐着。刚刚被抱起时,她条件反射地抱住他,现在的姿势很是暧昧。

顾晴天红着脸不敢直视他。

"刚才你都当着那么多人的面跟我告白了,现在怎么不敢看我了?"

顾晴天嘴硬,反驳道:"谁跟你告白了,身高182厘米、穿白衬衫留寸头的男生多的是。"

苏黎朗故作明白地"哦"了一声，说："这样啊，看来我只是千千万万身高182厘米、穿白衬衫留寸头的男生中普普通通的一个啊。"

顾晴天被他环抱住，耳根子红得几近滴血，但是又怕他误会。

"不，我不是那个意思。"

苏黎朗还在逗她："那你是什么意思呢？反正你刚才那么说，我可就当真了，如果你现在拒绝我，我会很难受的。"

顾晴天是喜欢苏黎朗的，只是女孩子惯有的矜持让她不能太坦率。

但现在事情都到这个份上了。

她抬起头，终于鼓起勇气对上苏黎朗的眸子。然后，她环住他的脖子，仰头亲了上去。

亲完之后，顾晴天道："你明白我的意思了吗？"

这已经是她能做到的最直接的表白了。

苏黎朗先是愣住，之后就使了坏心眼。

他捏起顾晴天的下巴，让她仰头跟自己对视："我还是不太明白，你再给我感受一下。"

05

顾晴天和苏黎朗确定交往的一个星期后，苏黎朗就想着带

Chapter 06 爱在屋檐下

顾晴天回家见父母。

顾晴天却打起了退堂鼓,他们这才交往一个星期,怎么就要见父母了?

苏黎朗却不给她犹豫的机会,早上起床后,就把她跟行李一起打包带回了家。

两人坐了几个小时的车后,终于到了苏黎朗的家。

顾晴天看见他所谓奶奶和父母时,她的大脑完全短路了。

"闺女,快过来。"老太太和蔼地招呼她过去,而老太太的旁边,正喜滋滋看着她的不就是想把她拐回家当儿媳妇的房东大叔吗?

顾晴天回头看着苏黎朗,用眼神询问:这是怎么回事?

苏黎朗回答得倒是坦荡:"哦,我一直忘了跟你说,我就是房东老太太的孙子。"

苏黎朗在读大学时,就一直听奶奶念叨,说她的公寓里住进来一个特别漂亮的小姑娘,会唱歌会跳舞,还会陪她跳广场舞。

奶奶一个人住在老家的公寓里,有人陪着她,苏黎朗挺高兴的,莫名地对这个没见过面的小姑娘有了好感。

等他毕业了,奶奶又开始念叨小姑娘没有男朋友,他跟小姑娘年龄相仿,不如跟她在一起。

奶奶给他发了很多小姑娘的相片,还有一些视频,就这样,苏黎朗渐渐对奶奶口中那个无比优秀的姑娘萌生了更多好感。

有一次放假,他回老家去看奶奶,本来想着让奶奶安排他跟那个女生认识一下,却被奶奶告知她生病了。

奶奶腿脚不利索，住在公寓的二楼，而那个女生住在公寓的五楼。那天他在阳台上给奶奶养的多肉浇水，楼下路过一个人，他立马认出她就是奶奶口中的姑娘。

他放下水壶跑下楼，跟着那个姑娘去了药店。

可是那个姑娘感冒了，整个人没什么精神。他跟在她身后，她一直都没有发现，到药店买药时，她还把钱包落在了药店里。

他拿着钱包追上她，她看了他一眼，虚弱地道了一声谢。

可她没记住他。那之后很长一段时间里，他都在想，要怎么样才能重新跟她见面。直到奶奶生病需要休养，爸爸把奶奶接回家，那边的公寓楼需要人接手。

正好他也有换工作的打算，所以干脆跟着爸爸一起接手了公寓。因为害怕她把他直接当成坏人，他并没有讲明自己的身份，还特意跟自己的老爸装不熟，这才成了她的舍友。

他没有追女孩子的经验，只能小心翼翼地守着，生怕被她知道，他早就喜欢她了。

好在顾晴天对他也有感觉，他才敢大着胆子告白，最后把她拐回了家。

他和她的爱情故事，结局是皆大欢喜。

Chapter 07

可爱之人必遇可爱之事

单恋就像是一场战争,敌人和战士都是你自己,
小胜和挫败都只是你一个人的。

悄悄喜欢你

01

摄影社要拍一部时长三十分钟的微电影去参加微电影大赛。作为社长，白芙蕖的压力很大。

她找来编导系的朋友，删改剧本十多次，才敲定最终版。接下来的难题就是选演员。

剧本里出现的大大小小的角色少说有十个，路人甲、乙、丙、丁什么的倒是可以拉男的成员去凑数，可演主角的人选却让白芙蕖犯了难。

社团里有个长相漂亮的小学妹，成绩优异，多才多艺，很适合剧本里女主角的形象。她也毛遂自荐，从白芙蕖手下拿到了这个角色。她听说白芙蕖在为男主角的人选发愁，很善解人意地给她推荐了人选。

"学姐，我认真地看了一遍剧本，觉得我认识的一个人很适合演男主角。"

"谁？"白芙蕖眼睛一亮。

"机械系的林孝庭。他的人气很高的，学姐应该也听说过他吧？我觉得他的外形条件很符合男主。"

林孝庭是大一的人气校草，听说高中就已经给青春杂志拍摄封面，在网上也小有名气。军训时他频频被隔壁艺术系的女生调戏搭讪，有一个女生在晚会时直接在舞台上跟他表白，从而一举打响他"校草"的名号。

小学妹的提议一出，社团里的其他人纷纷赞同。如果真的请到了林孝庭来演男主角，靠着他自带的流量，微电影的知名度便会大大提高。

可谁都没注意到，在听到林孝庭这个名字后，社长白芙蕖的脸色就变了，最后沉着脸否定了他们的想法。

"林孝庭不适合！"

白芙蕖的语气有些重，原本絮絮叨叨讨论得热火朝天的社员们被吓到，都怔怔地看着她。

只有小学妹反应快一点儿，小心翼翼地问："为……为什么啊？"

白芙蕖也意识到刚才自己失态了，清了清嗓子，略显尴尬地解释道："气质不符。我们可以再找找其他人，学校里优秀的男孩子还是很多的。"

"哪里不适合啊？依我看，就他最合适。"副社长打断白芙蕖的话。

副社长是男生，之前对社长的位置志在必得，但最后还是输给了业务能力比他强的白芙蕖。

他原本就不满意白芙蕖当社长，遇事总要酸白芙蕖一把，她说不合适，他偏要对着干。

白芙蕖知道副社长对自己不满，她不想在社员面前跟他争论,只是垂着眸子分析道:"就算林孝庭真的合适,你请得来他吗?先不说他去外面工作室拍一组相片能拿到多少酬劳,光是他眼高于顶的性格,谁请得动?艺术系系花都跟他表过白吧,他连个正眼都没给人家,你觉得你比外面的工作室有钱,还是比系花更有魅力?"

众人一听,也觉得有道理。

副社长被白芙蕖噎得说不出话来,气急之下破罐子破摔,指着白芙蕖道:"你是社长,这件事就该你去解决。如果连这件事都解决不了,你当什么社长?"

大家都知道副社长对社长一直有意见,见两人吵起来,都默默地低着头不说话。

白芙蕖无意跟他争吵,只说了一句:"该解决的事我会解决,不是你该管的事你就别出声。"然后她转身离去。

白芙蕖离开社团之后没有回宿舍,一个人逛到了常去的奶茶店。她点了一杯饮料后,就在角落里常坐的位置坐了半个小时。

冷静下来后,她掏出手机给小学妹发信息:"你把林孝庭的班级、宿舍号,还有联系方式发给我。"

不就是请大一学弟来拍微电影吗,有什么难的?

再说了,纠缠林孝庭这种事,没人比她白芙蕖更熟练了。

02

白芙蕖把林孝庭拦在球场门口时,周围的人开始窃窃私语,但白芙蕖现在顾不上这些。

她站在林孝庭面前，高昂着脑袋，努力让自己的气势足一些。

她说："林孝庭同学，我是摄影社社长白芙蕖，我想邀请你去拍摄我们社团自制的微电影。"

林孝庭穿着红色的23号球服，仗着183厘米的身高居高临下地看着她。他半晌不说话，让她有些心虚。

不得不承认，林孝庭有一张令人羡慕的脸，可以用漂亮来形容他的长相，眉目间又带着多一分太硬朗，少一分又显柔的英气。

"白芙蕖。"他一字一句念出她的名字，意味深长地打量着她，眉眼淡漠，带着几分孤傲和疏离。

他只是念了一遍她的名字，就让她变得底气不足。她在心里给自己打气：我现在是学姐，这浑蛋是我的学弟，我不怕，我不怕的！

"白芙蕖。"他又念了一遍她的名字。

"啊？"白芙蕖下意识回答。

林孝庭的眉动了动，眉目间的疏离也散去不少，似乎很满意她的回应。他颠了颠手里的篮球，对她道："你帮我买瓶饮料。"

"哦。"白芙蕖应了一声，然后转身往自动售货机走去，走了几步，她意识到不对劲，又跑回来，语气十分不满地说："我说，我们社团想邀请你去拍摄我们自制的微电影。"

林孝庭却不以为然，运了几下球，抬臂越过她投篮，在进了一个漂亮的三分球后，他才低头重新看向她："最近邀请我拍摄微电影的社团有点儿多，如果你连帮我买瓶饮料都做不到，你觉得我还会去你们社团吗？"

不去拉倒！白芙蕖恶狠狠地想。

可现实中她斟酌了一下利害关系，只得努力压着怒火和想拔腿而逃的心虚，露出标准的微笑，问道："那请问您想喝什么饮料呢？"

林孝庭这次没有再回答她，越过她便跑进球场。

白芙蕖觉得自己所有的涵养都用来忍住即将脱口而出的脏话。她看着球场上的林孝庭，莫名地觉得自己有气没处撒，窝火得厉害。

白芙蕖磨蹭着走到自动售货机前，眼睛扫过那一排排的饮料，然后视线定格在青柠檬味的盐汽水上。她叹了一口气，选择饮料，付款。

她拿着饮料回到林孝庭身边时，却发现那家伙已经打开一瓶汽水在喝了。他身边还站着一个满面桃花的小姑娘，不用想，那瓶饮料是这小姑娘给的。

白芙蕖心口的一团火冲上脑门，差一点儿就要奔腾而出了。可她要拼命忍住，她是学姐，不能因为这种事失态。

她勉强勾起笑容，走过去把饮料放到林孝庭旁边的石阶上。

"饮料已经买好了，拍摄微电影的事情，请您好好考虑考虑。"

她冲他微微颔首，然后转身离去。

她挺着脊梁，努力让自己的背影看起来更加帅气潇洒，步伐更加坚定，最好像电影里的女战士，摆出一副没有什么值得留恋的姿态。

然后，白芙藁拐到最近的女厕所里面。进了女厕所，她知道没人看得见后才松了一口气，情绪也控制不住了。她捂着脸蹲到地上，哭了起来。

有些人，你拼了命地想忘记，想把他从你的生命里剔除，让他待在你心里的角落里永远不要出来，你本以为走遍春风十里就能忘了他，可落雪靡靡，孤影寂寂，等再次见到他时，你所做的所有努力都在一瞬间决堤。

林孝庭对于白芙藁来说就是这样的存在。

03

在少女情窦初开的岁月里，白芙藁所有的怦然心动都是关于林孝庭的。

那时候，她还不是林孝庭的学姐，林孝庭也不是她的学弟。

他们同班，是隔着过道的同桌。上课的时候白芙藁偷偷地转过头，看见少年的侧脸逆着光，那一刻，仿佛世间万物都褪了色，只有一处发着光。

白芙藁记不清楚自己是从什么时候喜欢上林孝庭的，但回想起自己的整个少女时代，每一个回忆都有林孝庭的影子。

那时候的林孝庭已经足够耀眼。

她跟林孝庭只隔着一条过道，可她也知道，自己虽然近水楼台,但离"月"很远。

情绪哪里藏得住,就算嘴巴不说,也会从眼睛里溢出来。

白芙蕖知道林孝庭喜欢喝柠檬味的汽水,每次他打球的时候,白芙蕖都会买一瓶,然后偷偷地放到他的背包旁边。

送他饮料的女生很多,白芙蕖的饮料大多时候都被其他男生瓜分了。

到了情人节、圣诞节之类的节日,白芙蕖更是用心,自己手工做的小饼干、织的围巾,包装之后被偷偷摸摸地塞到他的抽屉里。

升学之后,林孝庭跟白芙蕖就不在同一个班了,但好在教室在同一个楼层。每次下课,白芙蕖都会故意跑到他们班门前闲逛,为的就是路过时看他一眼。

也就是她上了大学之后,她不再打听林孝庭的消息,可大家都习惯把林孝庭的事情分享给她听。

他们说:"林孝庭没有参加高考。"

他们又说:"林孝庭选择了复读。"

白芙蕖听后苦笑一声,这些事都跟她没有关系了。

她在没有林孝庭的大学里待了一年。她终于可以在回想起林孝庭的时候,内心不再掀起波澜;她终于可以在谈论起自己的少女时代时,不再脱口而出林孝庭的名字。

可一年之后,原本已经消失在她生命里的林孝庭又气势汹汹地出现在她所处的空间里。

他比以前更加耀眼,他的名字铺天盖地出现在她的眼前。她一直在躲,直到今天被逼着出现在他眼前。

她想拿出学姐的身份给自己打气,但所有的故作坚强到了他面前都会彻底被瓦解。

在他面前,她从来都是底气不足的。

因为她的念念不忘,她已经满盘皆输了。

◆ 04 ◆

林孝庭的臭脾气,白芙蕖很久之前就见识过了。她鼓足勇气去邀请他,不过是为了堵住副社长咄咄逼人的嘴。

还有,她也想证明自己早就对他没感觉了。

总之,白芙蕖就没有想过真的能邀请到林孝庭来拍微电影。

她跟副社长说了情况之后,就着手准备选拔。学校里的男生那么多,她就不信找不到一个合适的。

海选的第一天,场面十分火爆,面试的教室外排满了人。白芙蕖在教室里往外张望,很是满意。果然,学校里的男生还是很多的。

大规模选拔,自然良莠不齐,好的差的都有,白芙蕖一个个地筛选,她把形象气质不符合的都淘汰了,留下合眼缘的。

可一旁的副社长就不高兴了,对她选出来的人吹毛求疵,一会儿说这个眼睛不好看,一会儿说那个个子矮。

天气炎热,教室里没有空调,头顶上的电风扇"吱吱"地转着,卷起带着热气的风。

白芙蕖本来就烦躁，加上被副社长这么挑剔，教室里现在也只有社员，她就不怕在外人面前丢了颜面。

她把笔拍在桌子上，怒极反笑道："我知道你对我有意见，但你别把对我的不满强加到我选的人上面。如果你一直坚持剧本男主角人选是林孝庭，是因为你单纯觉得他合适，那我完全OK，不管怎么样我都会把他请过来。可是，你选他的原因只是我不喜欢，你想跟我对着干。"

"完全没有这回事。"副社长狡辩，"这个角色，难道林孝庭不适合吗？而且，第一个提出让林孝庭出演这个角色的人不是我，整个社团的人都觉得林孝庭合适。我还好奇呢，你为什么会觉得林孝庭不适合出演这个角色？"

"不喜欢就是不喜欢，哪有那么多原因？"白芙蕖懒得跟他争论林孝庭的问题。

可她话音未落，就听见教室门口传来一声轻咳，她转头望去，林孝庭正双手环胸，半倚在门口，眼神淡漠地看着他们争吵。

"看来我来得不是时候啊。"他道。

"不不不，学弟来得正好。"副社长见林孝庭来了，脸色立刻由阴转晴，笑着向林孝庭走去。

副社长寒暄了几句，转过头来看着白芙蕖："我听说你邀请人家时很不用心，我只不过是打了一个电话，林孝庭学弟就答应了我的邀请。所以说，白芙蕖，没有金刚钻，就别揽瓷器活。"

白芙蕖垂着眸子没有说话，社员见气氛不对，立马上来解围。一个跟白芙蕖同班的女孩子把她拉出教室，让她消消气。

正好不用跟林孝庭待在一起，白芙蕖自然乐意，出来后就没有再回去。

男生的角色最后还是定了林孝庭。

白芙蕖有些憋屈，但还是在心里安慰自己，没事的，就当不认识他。

05

剧本的内容就是校园小清新爱情故事，林孝庭和小学妹的颜值摆在那里，不用剧本，只要一个镜头，观众就可以脑补出无数个浪漫的故事。

白芙蕖和副社长作为拍摄的总指挥，各司其职。白芙蕖负责剧本、服装、演员、化妆和后期剪辑，副社长负责拍摄。也因为这个，白芙蕖跟林孝庭直接接触的机会不多。他们拍微电影的时候，她就跟社团的其他女生蹲在一旁闲聊。

天气炎热，白芙蕖自掏腰包买了冰饮。她一个人拎着十几瓶饮料过来的时候，其他人都对她感恩戴德。只有林孝庭走过来看了一眼，然后走到她面前。

"我记得你知道我喜欢喝什么。"

其他人都在拿饮料，没人注意到他们的对话。白芙蕖对他的话充耳不闻，故意把视线投向其他地方，铁了心不搭理他。

林孝庭盯着她看了一会儿，耸耸肩，然后越过她走开了。

"你去哪儿？"喝完饮料就要拍摄下一个镜头了，他还要跑去哪里？那个方向也不是厕所啊。

林孝庭倒也坦然，边走边说："我去买瓶饮料，不过时间可能有点儿久。"

他故意加重了"时间可能有点儿久"这几个字，白芙蕖当然知道他的意思，握着拳头在原地犹豫了一会儿，还是小跑着追上他。

"我去给你买！"白芙蕖几乎是咬牙切齿地道。

林孝庭这才停下脚步，一副得意的样子。

"少糖，加冰，谢谢。"

"受不起！"白芙蕖愤愤离去。

这种事有了第一次就会有无数次。往后的拍摄中，林孝庭总会各种暗示白芙蕖，让她去给他跑腿。如果白芙蕖有稍稍的不顺从，他就一副随时打包行李出走的样子。

为了微电影，为了比赛，她忍了！

因为是代表学校参加比赛，剧本里没有吻戏之类的镜头，但少不了牵手、深情对视的戏码。林孝庭和小学妹的组合很养眼，白芙蕖蹲在一边看的时候，却觉得这画面很是刺眼。

她的胸口还翻涌着不知名的情愫，压抑得难受。

可仔细想想，她又觉得有些心酸，自己连吃醋的资格都没有。

她揉揉脸，提醒自己要清醒，林孝庭跟谁亲密跟她没有半点儿关系。

小学妹喜欢林孝庭，这件事白芙蕖从她第一次推荐林孝庭当男主角的时候就知道了。拍摄空隙,她总能看见小学妹围着林孝庭转。

好奇的女社员总会来跟白芙蕖闲聊:"社长,你觉得小学妹能追到林孝庭吗?"

白芙蕖懒洋洋地抬头,看了一眼远处的两人,然后伸出五根手指。

"各占百分之五十吧。若能追到,百分之五十是因为她长得漂亮;若追不到,百分之五十是因为她的喜欢太卑微,像林孝庭这种人,最不缺的就是女孩子的爱慕。"

社员对她做崇拜状:"社长,没想到你对感情这方面挺了解的。"

白芙蕖笑笑不说话,她不是对感情了解,而是比较了解林孝庭。

单恋就像一场战争,敌人和战士都是自己,小胜和挫败都只是你一个人的。而你喜欢的那个人是全世界的中心,他对这场战争置身事外。

06

微电影在拍了一个月后顺利杀青。

杀青聚餐的时候,小学妹喝了酒,涨红着脸站起来,对林孝庭做了一番情深意切的告白,最后她带羞怯和期待的眼神看着林孝庭，问道："你可以做我男朋友吗？"

对于这突然发生的一幕，白芙蕖只有开始时被吓到，反应过来后便以看戏般的态度看着。

反观当事人林孝庭，他比白芙蕖更加淡定，甚至当小学妹问出这句话时，他还气定神闲地抿了一口手中的啤酒。

社员们早就看出小学妹对林孝庭有意思，纷纷鼓掌起哄，高喊着"在一起"之类的话。小学妹和林孝庭被围在中间，却仿佛身处不同的世界。

"谢谢你的表白。"林孝庭放下啤酒，从被告白开始，他第一次抬头对上小学妹的眸子，语气淡漠又疏离，"可是做你男朋友的事，很抱歉。"

饭桌上的气氛立刻反转，小学妹丧气地跌坐在椅子上，刚刚起哄的人也噤了声。小学妹垂着头，缓了好一会儿，到底没忍住，捂着嘴哭着跑出去。

跟她关系好的几个同学追了上去，留下来的人都尴尬地看着林孝庭。他却像没事人一样，完全看不出有受到影响。

"我去下厕所。"白芙蕖觉得气氛压抑，就站了起来，跑去厕所躲了十多分钟。

白芙蕖从厕所出来的时候，诧异地发现林孝庭就半倚在男厕所门口。他看见白芙蕖出来，抬起眸子望着她。

"你刚才的行为有点儿伤人心，小学妹估计会难过好一阵。"白芙蕖道。

林孝庭一扬眉，说："我倒觉得她不会哭多久。"

白芙蕖苦笑着摇头："你不知道女生一旦喜欢上一个人，就

Chapter 07　可爱之人必遇可爱之事

满心都是他。装进来容易，搬出去却很难……算了，可能是追你的女生太多，你根本不会注意到谁在伤心难过。"

"我看你就没有难过很久啊。"林孝庭突然道，"以前你不是很喜欢我吗？最后还不是一毕业就把我忘了。"

白芙蕖没料到他会突然提这件事，脸涨得通红，却不知道怎么反驳，只能攥紧拳头，咬牙切齿道："林孝庭，你不要太过分！"

林孝庭却无视她的愤怒，铁了心要激怒她："我其实挺好奇的，你怎么就突然变了？你是看上别的男生了，还是厌倦了我？如果你是喜欢上了别人，那我真的好奇了，到底是比我好多少倍的男生，才能让你放弃我。"

"啪！"一道清脆的巴掌声打断了林孝庭的话。

林孝庭被白芙蕖扇得微微别过头，白皙的皮肤上立刻浮现刺眼的红掌印，看着触目惊心。也不知道是挥掌打人太疼，还是受了委屈，白芙蕖的眼眶不自觉红了，声音颤抖，带着哭腔。

"我回想起我的学生时代，浮现在脑中的第一个画面就是你林孝庭。

"没有人可以一直无偿付出不求回报，我也努力过，觉得我们不该这样、不止这样，但好像只能这样。所以我打算放下了。现在你不喜欢我，那我也不喜欢你，这样才公平。"白芙蕖说完这句话，眼泪已经模糊了视线。她控制着濒临崩溃的情绪，用衣袖狠狠地擦了一把眼泪，然后转身大步从林孝庭面前走过。

独留在原地的林孝庭保持着那个姿势很久很久，直到路过的同学提醒，他才猛地回神。

公平吗？林孝庭自嘲地轻笑一声。

聚餐的事因为各种意外，闹得很不愉快。

不过好在拍摄结束，大家不用再凑到一起。白芙蕖一门心思扑在微电影的剪辑和后期制作上，整宿整宿地熬夜，真真正正做到两耳不闻窗外事。

但对着满屏幕的林孝庭，她有时候还是会神情恍惚。

自己那天真的扇了林孝庭一巴掌？

每每想到这一幕，白芙蕖心里都生起一股自豪感。她觉得自己就像手刃了敌人的勇士，有种奴隶翻身做主人的骄傲感。

在白芙蕖熬出大大的黑眼圈后，微电影的剪辑和后期工作终于完成。她像献宝似的上传视频去参赛，总导演的名单里，她填了她和副社长的名字。

虽然副社长平时喜欢跟她抬杠，但不得不承认，他的拍摄水平真的不错。

之后便是漫长等待。

那天聚餐之后，白芙蕖就没有再见过林孝庭。一来，林孝庭跟她不同系，生活轨迹完全不一样，很难遇到；二来，是她有意躲避他。

当时她虽然说得那么霸气，但现在回想起来，她还是有些心虚。

可能应了那句冤家路窄，白芙蕖躲得了初一，还是没有躲过十五。

五月二十号，原本只是一个很普通的日子，但因为情侣们的推动，硬生生把这天过成了一个特别的日子。宿舍四个人，

Chapter 07　可爱之人必遇可爱之事

两个跟男朋友约会去了，一个也约到了正在追求的人。总之，宿舍里只有白芙蕖一个人。

她在宿舍躺了一天，晚上实在饿得受不了，也不管外面都是成双成对的情侣，一个人溜达到了附近的夜市找东西果腹。

当她站在寿司铺前排队的时候，身后闹哄哄地走过一群男生，嘴里嚷嚷着要打人。她耳朵灵敏，听到了林孝庭的名字。

她心里一怔，转头看向那群气势汹汹的人，顿时血液逆流，第一反应就是林孝庭有危险。

她也不管之前的矛盾，掏出手机，翻到上次她问小学妹要的林孝庭的联系方式，直接打过去。

第一通电话，林孝庭没接，刚响了一声他就挂断了，估计是当成了疯狂追求者的骚扰电话。

可现在事态紧急，白芙蕖赶紧又拨了一个电话，嘴里一直念叨着"快点儿接，快点儿接"。也许是白芙蕖的碎碎念起了效果，这次林孝庭终于接听了电话。

白芙蕖不等他开口，就火急火燎地问道："林孝庭，你在什么地方？"

电话那头的林孝庭被她吓到，怔了怔，才狐疑地反问："白芙蕖？"

"我问你在夜市的什么地方？快点儿回答我！"白芙蕖都要急哭了，边跺脚边说。

林孝庭虽然不知道白芙蕖为什么会这么着急地找他，但还是乖乖地报了地址。

"你站在原地别动，我过去找你！"白芙蕖说完这句话便挂了电话。

　　林孝庭所说的地方她知道,她穿过人群小跑过去,没几分钟就找到了他。

　　白芙蕖找到林孝庭的时候,他就站在路中间,周围人来人往,时不时还会撞到他。主要他脚边还有一处低洼地,白天下过雨,里面积了水,有人开着一辆小电驴路过,溅起积水,他脚上的白球鞋瞬间被打湿。

　　白芙蕖连忙跑过去把他拉开。

　　"你怎么站在路中间啊?"

　　林孝庭一脸无辜道:"不是你让我站着等你,不要动吗?"

　　白芙蕖很无奈,行吧,是她的错。

　　她刚想解释自己来找他的原因,余光却瞥到刚刚那群男生就在不远处,心里一急,拉着他就开跑。

　　林孝庭是真的蒙了,也不敢反抗,跟着白芙蕖跑了起来。

　　四周灯火璀璨,人来人往。白芙蕖拉着林孝庭穿梭在人群中,自己的手被握住,白芙蕖跑在前面,高高束起的马尾也随之摆动。

07

　　夜市离学校不远,白芙蕖直接拉着林孝庭跑到校门口。等看见学校的保安亭了,她才停下来。

Chapter 07　可爱之人必遇可爱之事

她松开林孝庭的手，瘫坐在马路牙子上，喘了一口粗气，等缓过来了，她凶巴巴地指着站在自己旁边的林孝庭道："林孝庭，你是不是又去勾搭别人的女朋友了？刚刚过来的那一群男的想打你！"

林孝庭听到她这么说，大概明白了是怎么回事。他回想了一下自己最近的烂桃花，立马茅塞顿开。

"昨天有个姑娘想约我今天的时间，我拒绝了，我走的时候听见她说要教训我。"

他说得云淡风轻，白芙蕖却无奈地扶额："你这种祸水，就应该让法海把你收了！"

白芙蕖累得说不出话，一张小脸涨得通红，骂完就坐在地上歇息。

林孝庭看见她这个样子，不自觉地勾唇，眼底含着笑，道："要是你以前也这么凶悍，估计……"

白芙蕖闻言一怔，沉默许久后才抬起头："看不出来啊，林孝庭，原来你喜欢被虐啊。"

林孝庭坐到她旁边，眼睛望着马路上车水马龙的风景，道："我并不这样认为。"

"那是什么？"

"应该叫'妻管严'。"

白芙蕖嘴角一抽，心想，林孝庭是疯了吗？

对于林孝庭，她已经不再奢求什么了，有些东西是你强求不来的。

电影比赛的评选结果在几天后出了，白芙蕖他们的影片得了第二名，努力得到了回报。白芙蕖接到通知的时候，整个人兴奋地一蹦三尺高，全然没有学姐的端庄样子。

颁奖的时间就在接到通知的第二天，虽然上台领奖的只有白芙蕖和副社长，但是参加电影制作的人都被邀请去参加颁奖仪式。

颁奖那天，学校专门为他们包了车。林孝庭上车的时候留意了一下，却没发现白芙蕖，正好身后的一个女生也注意到这个问题，正在问副社长。

"白芙蕖说她有事，让我们先过去，她等会儿就打车过来了。"

林孝庭没起疑心，跟着大家来到了颁奖的会场。可眼看着颁奖仪式开始了，白芙蕖还是没有来。社员们着急地找白芙蕖，打电话过去却发现她的手机关机了。

大家坐在原地干着急，林孝庭却注意到副社长悄悄溜了出去。

他的脸色一沉，不动声色地跟了上去。

副社长来到外面的走廊上，四处张望，在确定没有人后，才掏出手机打电话。

"怎么样，白芙蕖还在里面吧？"

"放心，昨天晚上她喝得量足，现在还没有醒来，就算她醒了，也开不了门。等你领完奖回来，她也只能怪自己睡过头，错过了颁奖仪式。"

"哼，这样最好不过，这份荣耀只能属于我一个人！她白芙蕖算什么，有什么资格跟我站在同一个舞台上领奖——"

副社长的话还没有说完，就被人从身后狠狠地绊了一脚。副社长没站稳，整个人跪倒在地上，手机也摔到一旁。

"林孝庭，你……"副社长被摔蒙了，不可置信地看着林孝庭。

林孝庭半蹲下身体，扯住副社长的衣领，眸子里是一贯的疏离和淡漠："白芙藁在什么地方？"

副社长知道自己刚才的话已经被林孝庭听到了，他道："林孝庭，这是我跟白芙藁之间的恩怨，你最好不要多管闲事！"

林孝庭有些烦躁，扯了扯自己衣服的领子。为了参加颁奖仪式，大家要统一穿正装，这会儿反倒拘束了。他一拳重重地打在副社长的脸上，重复了一遍自己的问题。

"白芙藁在什么地方？"

林孝庭气极之下就没控制力度，一拳下去，副社长磕到牙齿，口中立刻涌上血腥味。

他不知道林孝庭为什么要找白芙藁，但白芙藁若被找到，他的处境就会很不好，于是他梗着脖子挑衅："行啊，林孝庭，藏得挺深啊。我就说小学妹那么漂亮你怎么看不上，原来眼光独特，看上白芙藁——"

林孝庭又是一拳过去，副社长的嘴角溢出血丝，他想反抗，却发现林孝庭的力气大得惊人。

"我最后问你一次，白芙藁在什么地方？"

副社长快疼晕了，他大概算了一下时间，就算现在白芙藁被找到，也赶不到颁奖仪式现场。就算回去以后撕破脸，也好过自己现在被这小子打。

"在摄影社的活动室。昨天晚上她加班修片，我在她喝的水里加了点儿东西，现在她估计还没醒。我还叫了人守在门口，就算她醒了，也出不来。"

林孝庭闻言，又是狠狠几拳落在他身上。林孝庭通红着眼睛，像一只失控的野兽，直到出了气，才松开副社长。

林孝庭不顾正在举行的颁奖仪式，一个人跑出会场，打了车往学校赶。

他来到活动室的门口时，守在门口的男生正在打游戏，对方看见他过来，想要阻拦，却在看见他愤怒的眼神后认怂。男生在电话里已经听见副社长被打的声音，他只是拿人钱财帮人办事，替人挨打这是另外的价格。

他把钥匙递给林孝庭，林孝庭一打开门就看见白芙蕖趴在黑屏的电脑前，他紧绷的神经终于松懈下来。

他轻手轻脚地来到白芙蕖旁边，她还在睡着。可能是因为趴了一夜，姿势不舒服，她紧皱着眉头。

"没事就好，没事就好。"

林孝庭颤抖的手轻抚上她的脸，他在安慰她，也在安慰自己。

白芙蕖醒来的时候是在学校医务室的病床上。她好像睡得太久了，脑子有些蒙，一时想不起来自己为什么会在这个地方。

"你醒了？"林孝庭坐在一旁的椅子上看书，发现她动了之后，抬头望向她，"我很遗憾地告诉你，你被你们社团的副社长下套了，从昨天晚上睡到现在，已经错过了颁奖仪式。"

白芙蕖挣扎着坐起来，她在听到林孝庭的话后，自嘲地笑

Chapter 07 可爱之人必遇可爱之事

了笑。

"怪不得,我还奇怪他昨天晚上怎么那么好心给我倒水。"她顿了顿,又问,"那你怎么会在这里?按理说,你应该参加颁奖仪式去了呀。"

"我把副社长打了一顿就回来找你了。"林孝庭把书往桌子上一放,凑过来打量了她一番后,笑道,"不过你睡够了气色都好了。不像以前,你的黑眼圈都挂到下巴了。"

白芙蕖不理会他的调侃,垂着眸子沉默了好久,才重新开口:"林孝庭,为什么你最近总是做一些很奇怪的事?"

"什么奇怪的事?"

"就是你对我的态度啊,你以前不是这样的。"她揪着被单,语气苦涩,"还是说,你跟乔清不好了?"

乔清?林孝庭皱眉,不明白白芙蕖为什么突然提起她。乔清跟他中学同班,但是并不熟,毕业后他们就没有再联系过。

"乔清跟我对你的态度有什么关系?白芙蕖,你是不是误会什么了?"

"我都看见了。"白芙蕖把脸扭到另外一边,"乔清抱了你,我看了好久,可是你都没有推开她。还有,考试的时候,乔清生病了不来参加,你也没有来……我都明白了,可是那时候我还是很不甘心。现在我明白了,有些东西强求不来,我就不强求了。"

林孝庭无奈地扶额,说:"她抱我,是因为毕业了……那时候不是也有其他女生抱我吗,怎么没见你这么生气?还有,我不来参加考试是因为那天早上我奶奶摔倒,我爸妈在外面做生意,家里就我和奶奶。我送她去医院,错过了第一天的考试,就干脆不去考了。复读的时候,我还担心你这个小尾巴会跟着复读,谁知道一毕业你就把我丢了。"

他后面那句话说得极其委屈。白芙蕖睡了十几个小时,脑子本来就迟钝,现在又听到一直被自己误会的事实,整个人都蒙了,怔怔地望着林孝庭,不知道作何种反应。

"你傻了?"林孝庭在她面前挥了挥手。

白芙蕖这次有反应了,吸了吸鼻子,下一刻眼泪就掉下来了。

"你怎么不早说啊!"

林孝庭见她哭得梨花带雨,实在忍不住笑了,他问她:"那现在你喜欢我吗?"

"不喜欢!"白芙蕖赌气似的躺回去,拉着被子蒙住头。眼泪"哗啦"往下流,她越想越委屈,敢情这一年多以来她都误会了啊。

"那行吧。我追你。"

白芙蕖一脸诧异,又掀开被子:"你不是不喜欢我吗?"

"我什么时候说不喜欢你了?"林孝庭冲她摊手,"而且你没发现吗,我只收你送的东西?"

白芙蕖依旧哭得梨花带雨:"没有说不喜欢并不等于喜欢!你要明明确确地说明白,不能稀里糊涂的!"

林孝庭见她哭得厉害,连忙哄道:"我当时没有明确说清楚,是因为我知道你这个迷糊的性格,得让你分辨和思考清楚。"

林孝庭把她拥入怀中,说:"而且我想,除了恋爱,你还有更重要的事情去做,我不希望你的生活里只有恋爱,我希望你是闪闪发光的。退一万步说,就算以后我们分开了,我也希望你是独立的个体,不会因为失去谁就失去自我!"

白芙蕖抬起眸子,道:"我知道你这话有道理,可是过于克制,是不是就是不够爱?"

"我也需要思考清楚,现在我考虑清楚了,所以要找到最合适的时间才在一起,以保证我们在一起之后,就不会再分开。"

白芙蕖终于破涕为笑。

命中注定会遇到的人总是会遇到,就算中间会有误会产生,那又怎么样?我还是穿越人海,牵住了你的手。

你是我此生渡不过的劫,多看一看就心软,拥抱一下就沦陷。

我想和你拥有很长很长的未来,想和你得到所有人的祝福,想陪你走完这一生,彼此温暖,永不辜负!

Chapter
08

那年夏天风正好

很多的传言编织成了一个光芒万丈,
对夏千舟来说遥不可及的沈以白。

01

夏千舟在学校里经常能听到有关沈以白的各种传闻。

比如，他在高中时就已经横扫了各种竞赛的一等奖，是以省高考状元的身份考进大学的。

比如，他不仅成绩好，还多才多艺，钢琴十级证书在家里已经落了灰。

又比如，他刚刚进入大学，就凭着一张证件照火了，他们班的班助在军训时追过他，他爱搭不理，结果班助以权谋私，把他弄得挺惨的。

再比如……

很多的传言编织出光芒万丈、对夏千舟来说遥不可及的沈以白。

沈以白代表系参加篮球赛时，夏千舟被舍友拉去看了。

穿白色球衣的少年在球场上肆意张扬，漂亮的三分球引得场外围观的女生尖叫不已，男孩子簇拥着他，在人群中，他就是最耀眼的那个。

好像所有人都认识他，就连她的舍友都能脱口而出沈以白的兴趣爱好。

夏千舟突然觉得有些难过，她默默地退出人群，走出篮球馆，把里面的喧嚣抛在脑后。

怎么突然之间就变成这样了呢？

夏千舟坐在篮球馆旁边的长椅上，目光投向空中，脑子里乱糟糟一片。

不知道过了多久，一阵哄闹声打断了夏千舟的神游。她把目光收回，看见一群男孩子从篮球馆的后门走出来。

夏千舟这才知道，自己为避开前面的人群，又想快点儿找到安静的地方，就到了篮球馆后门。她一眼扫过去，就看见人群中的沈以白，她一慌，猛地站起来，谁知道她的这个动作反倒引来沈以白的注意。

他的目光投过来，眉头一皱。

夏千舟思考了几分钟，突然灵光一闪，拿着手机贴到耳边，一边假装打电话一边走开。

可她没走几步，手机突然响起铃声，她本来就心虚，听到铃声，吓得手机都差点儿甩出去。她太过慌乱，等她回过神来，才发现自己已经按了接听键。

"喂。"夏千舟有些心虚。

"你回头。"沈以白的声音从话筒里传来。

夏千舟心一颤，脚步顿了顿，然后继续大步走开。

"我不！"她赌气似的回道，不用回头，她都知道沈以白现在就在她身后不远处的地方，像以前一样，但又不一样。

"舟舟，你有点儿不对劲儿啊。"沈以白跟在她身后不远处，有些不悦，"开学之后你就一直躲着我。"

"没有。"夏千舟否认。

"那你现在停下来，我们去吃点儿东西。刚打完球，我饿死了。"

"我不！"

"夏千舟，你——"

"舟舟！"沈以白话音未落，几个舍友便在不远处冲她挥手。

夏千舟就像抓到救命稻草一样，电话都没挂就大步向舍友跑去。

她原本就是跟舍友一起看球，中途自己溜了，舍友给她打电话还占线，这刚从篮球馆出来就遇见她一个人闲逛，忍不住数落几句。

有个舍友眼尖，看见不远处的沈以白，激动地抓住夏千舟的手摇晃："舟舟，刚刚沈以白一直在你身后。"

夏千舟回头瞥了沈以白一眼，说："我说谁呢，一直跟在我后面？我还以为是跟踪狂呢，差点儿报警了。"

夏千舟的电话还没有挂，她的话一字不落地通过手机传到沈以白的耳朵里，后者愤愤地咬紧牙根，挂了电话之后扭头回去。

不多时，夏千舟的手机收到一条短信："夏千舟，你有种！"

说实话，沈以白对夏千舟的第一印象很差，因为她把鞭炮丢到泥潭里，炸了他一身泥巴，刚刚穿上的白T恤衫瞬间惨不忍睹，就连他的脸也遭了殃。

彼时他才准备上初一，由于父母要到国外工作，暑假便来到外婆家里住。这个叫那谷的小镇子虽然山清水秀，环境不错，但相比他住的城市，实在是太过寒酸了，初来乍到还被夏千舟炸了一身泥巴，这更加剧了他的不满。

他跑回外婆家，跟外婆控诉了那个野丫头的杰作，外婆边帮他洗脸边笑道："舟舟那个孩子啊，挺懂事的，就是性格跟男孩子一样，不过相比其他孩子，她已经是好的了，其他男孩子都喜欢炸牛粪……"

大城市里来的养尊处优的大少爷沈以白，在来的那天就因为不好好看路，踩到了那个东西。温热且带有异味的稀稠物让沈以白记忆犹新，想着牛粪被炸开后飞溅到他身上，胃里不禁一阵翻滚，转身就干呕起来。

外婆家后面有一条小河，第二天清晨，外婆带着他去摘了桃子，就近在河边洗干净。他正帮外婆把洗干净的桃子往篮子里装，一抬头就看见河对岸的那个女孩子，眉头不由得一皱。

夏千舟也看见了他们，先是冲外婆兴奋地挥挥手，清脆地喊一句"奶奶好"，然后转头看见沈以白，弯着眉眼，笑得格外灿烂。

夏千舟完全没有因为昨天拿鞭炮炸了他一身泥巴而产生一点点的愧疚，她身边还跟着四五个小孩子，来到河边之后，他们就闹哄哄地下河摸鱼。

夏千舟穿着及小腿的雪纺连衣裙，她把鞋子脱了拿在手里，另外一只手提起裙角，向沈以白这边走来。在走到河中间时，她手一滑，裙角垂下来，沾了水，她索性不提了，任由河水弄湿自己的裙角。

她走到沈以白面前时，裙子已经湿到膝盖以上，她踩在鹅卵石上，露出洁白的小脚丫。

"你就是李奶奶的外孙？"那是夏千舟跟沈以白说的第一句话，她蹲在他边上，灵动的眸子闪啊闪，"我叫夏千舟，住在李奶奶家隔壁。"

沈以白瞥了她一眼，没说话。

他还在生气她昨天拿鞭炮炸他的事情。

沈以白的房间是以前她妈妈住的屋子，有个大大的阳台。傍晚，他到阳台上看夕阳，突然听到一阵笑声，低头望去，夏千舟正在隔壁院子里荡秋千。秋千是绑在榕树枝上的，她每荡一下，整棵树都跟着摇晃起来，树叶抖动，发出"沙沙"声。

"野丫头！"沈以白暗暗道，然后他转身回了房间，关了窗，还把窗帘拉得严严实实的，想把外头欢快的笑声隔绝。

02

第二年夏天，沈以白对夏千舟的印象才改观。

沈以白每年夏天才会来外婆家过暑假，在大城市待惯了的孩子，来到这里难免会引人注目，当然，也会引来一些不怀好意的小混混。

他自己出去闲逛的时候，就被几个小混混拉到墙角，威逼他拿出点儿钱来花花，他当时头一扭，铁骨铮铮道："没有钱！"

Chapter 08　那年夏天风正好

他没说谎，他身上真的没有钱，刚刚带出来的五块钱现金已经买了一盒冰激凌。他刚吃完冰激凌，就被他们拉了过来。

可那些人知道他是城里来的，盯着他很久了，知道他身上的东西都是名牌，价格不菲，怎么可能相信他没有钱？他们正准备动手教训他，就看见夏千舟出现在他们身后，从容淡定地从包里掏出一大串鞭炮，点燃了之后丢到那些小混混脚边。

"噼里啪啦"的爆破声把那些小混混吓破了胆，哪里还顾得上沈以白？夏千舟便趁乱跑过去，抓住沈以白的手就开始跑。

她是不怕那些鞭炮的，几大步越过那些炸开便乱蹿的鞭炮，像是踩着风火轮的小哪吒，风风火火地跑来救他。

小镇原本就安静，夏千舟的鞭炮引来路人的注意，那些小混混自然是不敢再造次。

夏千舟把沈以白拉到安全地段，两人坐在马路牙子上喘气，缓过来以后，沈以白看着因为剧烈运动涨红了脸的夏千舟，问道："你怎么那么多鞭炮啊？"

他可还记得，上一个暑假他初来乍到，就被她炸了一身泥的事。

夏千舟望着他，露出一颗小虎牙，笑道："因为我家是卖鞭炮的啊。"

夏千舟家里开了一家烟花店，为了表示对沈以白这个新朋友的欢迎，她从自家仓库里搬出一箱子仙女棒，两个人扛着到了河边。等天色暗下来了，他们就开始一根接着一根地放烟花。燃烧的仙女棒绚烂无比，火光映在河面上，星星点点，就像是天上的虹揉碎在浮藻间，沉淀着彩虹似的梦。

夏千舟原本撒欢似的挥舞着仙女棒，猛地一回头，看见沈以白，画面突然就定格了。

万千灯火在他身后，万千星子夹杂着烟火映在河面上，那个眉目清秀的少年坐在河边的一块大石头上，手里拿着仙女棒，火光映在他脸上，留给夏千舟一个完美的侧脸。

那一刻，夏千舟的心就像是倒映在水里的火光一样，荡起涟漪无数。

那谷这个小镇子完全就是夏千舟的天下，沈以白跟着她，算是见识了很多在大城市里见识不到的风景。

就像外婆说的，夏千舟顽皮，爬树下河，没有什么能难倒她。沈以白在家里被父母管教得严，可他到底还是孩子，没过多久便被夏千舟带"坏"了。

起初他还排斥暑假到外婆那里住，觉得父母为了工作，把他丢到乡下，可后来他开始期待每年夏天。

当第三个夏天他去外婆家时，夏千舟和外婆一起到长途汽车站接他。他拉着行李箱出来，夏千舟便迎面扑来，他还以为她是因为许久未见，要给他一个拥抱。他张开双臂，等着那抹纤细的身影扑到自己怀里。

可事与愿违，夏千舟在离他还有一步之遥时及时刹车，蹲下身翻他脚边给她带的礼物。

沈以白有些尴尬地收回手，不好意思地摸摸头，外婆正好看见这一幕，捂着嘴笑开了，沈以白脸红了。

镇子里的夏天远没有城市里的繁忙和燥热，傍晚，他们端着一盘切好的西瓜到河边，脱了鞋子，把脚泡在河里，吹着凉风,吃着西瓜看夕阳,周围静谧得就像是宫崎骏电影里的画面。

夏千舟的家庭条件不错,但由于父母是这里土生土长的人,也没有带夏千舟出去见见世面,弄得夏千舟十几岁了,去过最远的地方就是隔壁省,而从外面世界来的沈以白,无异于打开了她新世界的大门。

"我感觉自己就像关在塔里的长发公主,什么都不知道,你呢,就像是误闯莴苣园的男主角——"

"不不不,"沈以白打断她的伤春悲秋,"长发公主可不会用鞭炮炸别人一身泥。"

夏千舟气结,冲上去就要打他:"我都说了那次是意外,谁让你突然出现的。"

镇子外面有一个果园,高高的围墙里面硕果累累,那天路过果园,夏千舟临时起意,说要翻墙进去摘几个果子。

沈以白早就被夏千舟带偏了,想都没想就同意了。

夏千舟虽然动作灵活,但个子小,爬上去的时候两条腿荡着,显得格外笨拙。沈以白一直在围墙下面扶着她,最后推着她的屁股使劲往上一托。她脸一红就爆发了小宇宙,"嗖"地就爬了上去。

沈以白那时候正猛长个子,长手长脚的,攀住墙头一使劲,轻轻松松翻了上去。

墙头上视野开阔,原本想进来顺几个果子的两个人瞬间就舍不得下去了,他们安稳地坐在上面,像是巡视自己国土的国王和皇后。两个人谁都没讲话,四条腿在高空晃来晃去,悠闲自在得很。

沈以白把手撑在围墙上，手指不小心碰到夏千舟的手背，他望过去，少女弯着眉眼，笑得明媚，露出调皮的小虎牙。

现世安稳，岁月静好，他们的未来充满了无限希望。

03

沈以白跟好友提过夏千舟的事，好友听后，摸着下巴寻思好久，才说出自己的见解。

他说：“小镇姑娘难免有些独特，就像是皇宫里见多了温婉动人的妃子，而清心寡欲的皇帝，对突然到来的与众不同、带点儿野性的姑娘，你再也难免动心。”

沈以白实在想不明白，自己正是朝气蓬勃的年纪，好友是怎么想到用"清心寡欲"来形容他的。

但不可否认，夏千舟真是很特别的姑娘。

每次放完假从镇子回来学校上课，他总会发现她们远没有夏千舟灵动。

夏千舟也有同样的发现。

沈以白总是那么清爽、耀眼，对比之下，她身边的男孩子都黯然失色。

可夏千舟不觉得有什么，反正那么优秀的沈以白在暑假都会来到她身边，而且整个小镇里，只有她能跟沈以白关系那么好。

也就是因为这样，便让夏千舟萌生出沈以白只属于她的错

Chapter 08　那年夏天风正好

觉来。

外婆家的院子里有个水池，装着齐腰高的水龙头。沈以白帮外婆除了后院菜园的草，回来时一身汗，浑身黏腻，来不及进屋整理，就站在水池边，脱了上衣，打开水龙头，把水往自己身上冲。

夏千舟在自家院子里听见声音，踩在石头上把头往这边探，正好瞧见沈以白赤裸上身这一幕。

少年的身体尚显精瘦，一点儿也不像偶像剧里出现八块腹肌的样子。

夏千舟暗暗感叹，果然人不是完美的，沈以白跟偶像剧男主角之间还差八块腹肌。

"沈以白，"她喊他，"刚出汗不能用冷水洗澡。"

沈以白正将自己的脑袋往水龙头下面冲，突然听到夏千舟的声音，一惊，猛地把脑袋抬起，却撞到水龙头，疼得他眼角冒泪光。

他顾不上脑袋上的伤，双手环胸，想阻挡夏千舟"罪恶"的目光。

沈以白气急败坏地说道："夏千舟，你一个女孩子，脸皮能不能不这么厚，翻墙偷看男生洗澡这种事你也干得出来！"

夏千舟攀在墙头，露出小脑袋，无辜道："这有什么？附近那几个跟你一样大的男孩子，还不是一样光着上身到河里洗澡，也就你矫情，还不给我看。"

"你……你还看过其他男孩子洗澡？"

夏千舟有些尴尬，其实她就是路过，远远地看了一眼，那些男孩子又都是泡在水里，根本什么都看不清……至少不像现在看沈以白看得那么清楚。

沈以白涨红脸的样子又成功地把夏千舟逗笑了，她干脆翻到墙头上坐着，眯着眼打量光着上半身的沈以白，活脱脱一个女流氓的样子。

她响亮地吹了一声口哨，说："小娘子，反正你都被大爷我看光了，不如就跟了大爷我，保证你吃香的喝辣的。"

沈以白板着脸，拿起放在一旁的T恤衫，大步流星地走回屋里。

"疯丫头！"沈以白一边穿衣服一边暗暗道。他是生气的，想把那个丫头晾在那里，让她改改这个性子。可穿好衣服后，他忍不住往外看了一眼，她正笨手笨脚地准备往墙下跳，她试了几个姿势，都觉得不行，一个不小心就会摔下去。

她正不知道怎么办，沈以白又回来了，他站在墙下，张开手臂，生硬的声音里带着隐隐约约的别扭。

"跳下来，我接住你。"

夏千舟一笑，手往后一撑，就从墙上往沈以白身上扑。

夏千舟个子小，体重轻，加上沈以白做了准备，她猛地这么一扑，沈以白也只是踉跄了几步。

不是夏千舟想象的那种公主抱，她像只考拉一样扑过去，双手抱住沈以白的脖子，沈以白也揽住她的腰。两人四目相对，她的眸子宛如皎皎清亮的一片清泉。

夏千舟双手环着沈以白的脖子，色眯眯道："小娘子，果然你还是决定跟了大爷我。"

沈以白脸一黑，揽住她腰部的手往上托，先把她提起来，然后扔到一旁的干草堆上。

夏千舟倒是不疼，可沈以白竟然把她扔开，事情的性质就不一样了。

她倒在草堆里撒泼打滚，想让沈以白回来哄她。

沈以白却不理会她的无理取闹，边揉太阳穴边往房子里走，心想自己怎么摊上这么一个疯丫头。

04

升高三的那个暑假，只有十几天假期。高考之后，爸妈为了弥补之前几年把他丢在外婆家的过错，带着他到处旅游。

夏千舟也有自己的毕业计划，那两年的夏天，他们都没有见上一面，只是在网上联系，还约定了考同一所学校。

沈以白一共去外婆家待了五个暑假，近十个月，中间间隔是五年多，他跟夏千舟也算是特别的青梅竹马，而且在他的认知里，他跟夏千舟的关系特别好，好到⋯⋯

明明开学的时候他还到车站去接她，她依旧跟以前一样，一看见他，连行李都丢下了就朝他扑过来。

开学之后，夏千舟却不搭理他了。

刚开始沈以白还以为夏千舟是忙着适应新环境，他也觉得她多交些朋友挺好的，但等他实在忍不住要找她的时候，她已经不愿意见他了。

发 QQ 消息，发微信消息，他问十句她回一句，沈以白要约她一起出去吃饭，她也以各种理由推脱，偶尔在路上碰面，沈以白刚想打招呼，她却像是受到惊吓一般，脚底抹油，一下子跑得没影了。

这次好不容易在篮球馆外看见她，沈以白还以为她是专门来看他比赛的，没想到她竟然说他是跟踪狂。

从来都是以打趣他为乐趣的人突然对他避之不及，难道是夏千舟上了大学之后，看上别人了？

这个猜测让沈以白很不安。

第二天他上完专业课回来，路过学校咖啡店的时候，透过窗户看见夏千舟一个人在里面，他刚想进去，但反应过来这丫头一直在躲着他，现在他进去，她估计会跑开。

她拿了电脑过来，应该是宿舍太吵，换个地方查资料，自己还是不要去打扰她了。

夏末秋初，空气闷热又潮湿，沈以白刚刚回到宿舍，外头便下起大雨。

夏千舟还在咖啡店里，沈以白的脑子里闪过一个念头，转身拿了一把雨伞又出去了。

舍友还纳闷道："他这刚回来怎么又出去了？"

沈以白跑得急，生怕大雨把夏千舟困在咖啡店里，也怕夏千舟先走了自己遇不上，连自己的球鞋都顾不上，大步踩到水里。等他到了咖啡店，看见夏千舟还在角落里，才松了一口气。

夏千舟已经关了电脑，一只手托腮看着窗外的雨景。

Chapter 08　那年夏天风正好

沈以白抖了抖伞上的水,走过去坐到她面前。

夏千舟把视线收回,沈以白没有错过夏千舟看见他时眼里的慌乱,他怕她再跑,先一步按住她的电脑。

"我送你回宿舍。"这是不容拒绝的语气。

夏千舟看了看周围,没发现熟人,加上外面下这么大的雨,估计也不会有人注意,她犹豫了一下,点点头。

沈以白帮她拿着电脑包,两个人撑着一把伞,并肩走在雨幕里。

夏千舟穿着凉鞋,毫不顾忌地踩到水里,沈以白的球鞋已经泡过水了,他干脆不理会。

在那谷的时候,他们经常这样,下雨了就撑一把伞,夏千舟死命跑,沈以白撑着伞死命跟,生怕她淋着。

也许是旧景重现,夏千舟对沈以白的抵触消失了,跟他有说有笑。

沈以白刚想趁热打铁周末约她出去玩,突然夏千舟脚步一顿,往前面张望了一下,然后甩开沈以白,跑到雨中,跟沈以白拉开距离。

沈以白蒙了,她这是干吗?他刚想追上去,她就跟见了鬼似的越跑越快,淋着雨一溜烟地冲进了不远处的女生宿舍楼。

沈以白拎着夏千舟的电脑站在雨中发愣。

她这是要闹哪样?

05

他们应该没被看见吧?

夏千舟淋着雨跑回宿舍后,从阳台往下面看,沈以白还在雨里站着,路过的几个女生正徘徊在他旁边,可能是想去搭讪。

那几个女生是夏千舟班里的,其中一个堪称百事通,也是沈以白的小迷妹。军训时她就偷拍了沈以白的相片,拿到女生宿舍炫耀……要是她刚刚看见自己和沈以白同撑一把伞,估计今天晚上自己就会上学校论坛了。

整个学校里,除了她和沈以白,没有人知道他们的关系,又或者说,没人相信她跟沈以白的关系。

开学后不久,沈以白的大名就在大一新生里传开了,他的各种闪光点被传得神乎其神。

那天宿舍夜谈,正好聊到沈以白,夏千舟趴在床上,漫不经心地说:"沈以白啊,跟我关系不错。"

舍友对视一眼,然后大笑。

夏千舟小学到高中都是在南方念的,直到大学才开始北上,而沈以白是在北方长大的,一南一北,相隔十万八千里。

沈以白怎么可能会认识夏千舟?

夏千舟这种姑娘,在南方的小镇里长大,带着清秀灵动的气质,虽然性格开朗,可从小镇到了北方大城市,难免会有些畏首畏尾。

不要说同学,就连她都不敢相信自己竟然跟沈以白认识那么久。

大家口中的沈以白,跟她印象中的沈以白是不一样的。

在那谷小镇里,沈以白虽然也很优秀,但不至于像现在一样被大家捧得那么高。

那时候的沈以白也很聪明,能轻轻松松解开困扰夏千舟许久的数学大题。路过镇子里的小学时,他空心投篮之后,只有夏千舟给他鼓掌,那时候的沈以白好像只是夏千舟一个人的。

可现在的沈以白是格外优秀、身边有很多人为他喝彩的沈以白。

她融不进去他的圈子。

她在南方小镇里所有的骄傲,都在这个陌生又孤独的城市里被消磨得一干二净。

夏千舟的眸子染上哀伤,她看见沈以白在楼下站了一会儿,便转身走了。

夏千舟突然觉得自己可能小时候被琼瑶剧茶毒太深,这种时候竟然还觉得沈以白是何书桓,自己是依萍,而大家眼中与何书桓般配的如萍,应该是最近追他的艺术系系花。

夏千舟正胡思乱想,突然想起沈以白拿走了她的电脑,而她要交的作业都在电脑里!

夏千舟没忍住,一巴掌拍在门板上。

夏千舟思索再三,还是鼓起勇气给沈以白打了电话。

电话响了一声、两声……没人接。

他应该在忙吧?

夏千舟很善解人意地不再打扰他,可过了两分钟,沈以白就打回来了，电话一接通，他就开始嚎："我不就赌一下气没接电话吗，你就不打了？"

夏千舟被气笑了，摸摸鼻子道："我以为你在忙。"

沈以白这才缓和过来，夏千舟又问："我的电脑……"

"我送到你们宿舍楼下，你下来拿。"

"不不不。"夏千舟立马拒绝，现在雨停了，楼下来来往往那么多人，被人看见就不好了，"你把电脑放到你们宿管大叔那里，我过去拿。"

"我送电脑过去，然后你下来拿，不然我就把你电脑里面的东西都格式化！"

夏千舟哭笑不得："你怎么能这样！"

沈以白抿紧嘴角，只是隔着屏幕，夏千舟看不见他铁青的脸色。

"夏千舟，"他道，"为什么你一直躲着我，我们以前不是这样的，开学时不是好好的吗？你现在讨厌我了？"

宿舍里没人，夏千舟不必掩饰什么，她听到这句话后，咬着嘴唇愣了好久，才说："沈以白，我觉得我好像配不上现在的你……"

开学过去了近两个月，夏千舟也躲了沈以白近两个月。这会儿沈以白找上门来问了，她忍不住，一股脑儿把心里的委屈说出来，到了最后，声音里透着哭腔："以前你身边只有我，可现在的你身边有那么多人，我抢不过她们，我也怕你被抢走……"

"你就是因为这个才躲着我的？"

"不然呢？"

沈以白气极反笑:"夏千舟,你这个呆瓜!别人怎么说是别人的事,我喜欢谁,关他们什么事!喜欢我的人很多,可我只喜欢你,就算你抢不过别人,我也会心甘情愿跟你走……"

"可是……"

"舟舟,"沈以白像以前一样喊她的小名,"其实我也有觉得自己配不上你的时候,但这种感觉在你每次见到我,高兴地扑到我怀里的时候就会消失得一干二净。如果你怕我被别人抢走,那就来我身边,我只迎接你一个人!"

Chapter
09

闪闪发光的你

那么，我的女朋友，
初次上岗，希望你工作愉快。

01

当鹿檬跟同学从小卖部出来，上楼准备回教室的时候，同班的一个女同学就急急忙忙跑下来。

对方看见她，立刻抓住她的胳膊，边喘气边说道："鹿檬，你的家属找你。"

鹿檬一脸纳闷，爸妈跑到学校来了？她跟着同学上去，大老远就看见了走廊上的江盛宇。

她一脸诧异，江盛宇什么时候成了她的家属？更可怕的是，班上有同学认出他，一边盯着他一边窃窃私语，说曾经的理科大神怎么会出现在他们班门口。

江盛宇问过同学，知道她去了小卖部，就一直盯着楼梯口看，他看见她上来，脸上立刻扬起笑容。

江盛宇以前在学校经常参加各种活动，颁奖节目上也经常能看见他，虽然他已经毕业了，人不在江湖了，但江湖依旧有他的传说。班里不知道多少学霸拿他当榜样，他现在空降在高三的教室门口，自然引来大家注意。

鹿檬被这么多人盯着，很是拘束。她低着头走到他面前，

Chapter 09 闪闪发光的你

拉着她胳膊的同学很识趣,冲她使了个眼色就跑回教室里。

"你的练习册忘记拿了。"还没等鹿檬开口,江盛宇就拿出一本练习册,压到她头上。

鹿檬将练习册拿下来,这才想起自己端午假期去他家补课的时候,把练习册落下了。今天是江盛宇的最后一天端午假,她原本想着有空再去他家里拿练习册,没想到他竟然送来了。

"其实我自己去拿就可以了……"鹿檬轻声道。

"我路过,就顺便送过来了。"江盛宇又拿出一个精致的甜品盒,不用拆开都知道,里面是她喜欢的栗子蛋糕。

鹿檬接过甜品盒,暗暗想着江盛宇家到学校的距离,也不知道他要去哪里,才会路过学校,然后顺便给她送练习册。

江盛宇走后,鹿檬一进教室就被同桌逼问。

"说,你跟江盛宇大神是什么关系?"

鹿檬怀里还抱着数学练习册和小蛋糕,她知道躲不过,只能如实坦白:"你知道我上高三之后数学成绩为什么能提高得那么快吗?补习补出来的。"

升高三的那个暑假,因为特殊原因,原本近两个月的假期硬生生缩减成十七天。虽然同学们怨声载道,但为了一年之后的高考能够金榜题名,还是乖乖听了话。

鹿檬原本以为自己还有十七天假期,可没想到望女成凤的父母竟然还给她找补习老师。

鹿檬进行抗议,老妈却冷哼一声,说:"谁让你数学成绩那么差,要是你的数学能跟语文和英语一样好,我们还操什么心啊?"

就这样,在假期的第一天,鹿檬抱着一个大西瓜踏上了求学的道路。

听她妈说,这个补习老师的年龄跟她差不多大,是爸爸同事的儿子,高她两届,是传说中的理科大神。鹿檬不想补课,可她的数学成绩真的是差到人神共愤的地步,她也只能听从父母的安排了。

她捧着大西瓜,背部的 T 恤衫已经被汗浸湿。她抹了一把额头上的汗,露出最乖巧的笑容,按响了门铃。

没多久,有人来开门,鹿檬听到门轴转动的声音,往后退了一步。门被打开,里面的空调冷气吹出来,让满身是汗的鹿檬打了个哆嗦,等她看清里面的人的长相后,不由得吃了一惊。

"江盛宇……学长?"

鹿檬是见过江盛宇的,她高一时,江盛宇读高三。

作为那一届的理科第一名,江盛宇风头无两,加上他运动神经不错,长相也跟成绩一样出众,完全就是校园明星一般的存在,而鹿檬也是他众多小迷妹中的一个。

自己的补习老师是理科大神江盛宇,一直对数学没什么兴趣的鹿檬突然好爱数学。

晚上鹿檬是蹦跶着回家的,一副心情很好的样子。鹿妈妈看见了,不免要损几句。

"早上你出门时还一副苦大仇深的样子,怎么,回家路上捡到钱了?"

鹿檬双手做捧心状,望着鹿妈妈道:"我只是突然明白了您的良苦用心。您放心吧，我一定改邪归正，好好做人，不对，好好学数学。"

02

鹿檬偏科偏得很严重，第一次补课时，江盛宇看了她的成绩单，皱着眉头道："你这哪里是偏科啊，分明是把数学这个孩子丢了。"

鹿檬没底气反驳，只是讨好地笑道："那学长，你帮我把孩子找回来呗。我知道错了，以后一定好好对它。"

江盛宇的回答就是贡献出他以前记的笔记。这个笔记鹿檬见过，那时候她还在上高二，江盛宇刚刚毕业，理科状元的光芒最盛，他的笔记被同学复印成小册子，大家人手一份。

鹿檬翻了两页，觉得眼熟，就说："这笔记以前我看过，但感觉没什么用。"

"笔记都一样，重要的是谁教。"

鹿檬坐在书桌前，江盛宇说话的时候弯下腰，一只手撑着桌子，一只手搭在椅子的靠背上。鹿檬转过头，鼻尖蹭到他宽松的T恤衫，她还闻到了好闻的洗衣液的味道。

鹿檬整个人都被他的气息包围了，心跳一乱，很没出息地红了耳朵。

鹿檬做题的时候，江盛宇要么坐在一旁的椅子上，要么就是半躺到沙发上看书。鹿檬做不下去时，一回头，江盛宇就会挪到她旁边来，耐心地给她讲题。

江妈妈开了一家甜品店，鹿檬来补课的时候，经常会吃到江妈妈准备的各种精致小甜品。

鹿檬一只手拿着笔，在算江盛宇布置的练习题，一只手拿着勺子，时不时往自己嘴里塞一口甜品。

没多久，瓷盘上的蛋糕就没了，起初江盛宇还会把自己的那份让给她，但后来看她吃得越来越多，练习题却没有任何进展，就在她准备动勺子的时候，把小蛋糕拿开了。

"小朋友，你这样可不行，你爸妈交钱是来给你提高数学成绩的，不是涨体重的。"

江盛宇喜欢叫鹿檬小朋友，因为她个子小，第一次来他们家的时候，她梳了很乖巧的低双马尾麻花辫，戴着柠檬黄的小帽子，还背着学生气息的小背包。按江盛宇的话来说，这是在哪里迷路的小朋友啊。

虽然江盛宇只大她两岁，但他一米八的大高个儿可不是白长的。他站在鹿檬面前，把鹿檬衬托得一点儿气势都没有。

江妈妈做的小蛋糕味道没得说，鹿檬又特别喜欢吃甜食，这会儿小蛋糕被拿走，她有些蒙地看向江盛宇。

江盛宇突然有种抢了小朋友零食的罪恶感，拿着蛋糕盘子有些无措，用空着的手挠挠后脑勺，解释道："你做完练习题，蛋糕就给你吃。"

这完全是哄小孩子的语气，鹿檬嘴角一抽，道："学长，虽然我不反对你喊我小朋友，但你真的不用把我当成小朋友对待的。"

江盛宇笑道:"未成年的一律当小朋友处理。"

刚补课的几天,鹿檬是一脸蒙。她在数学上,很努力了也才考六七十分,高三准备全面复习,她肯定消化不了。

相对于语文、文综这类的科目,要用规规矩矩的公式去计算的数学真的就是她的噩梦。

那几天鹿檬晚上做梦都在背数学公式,那些复杂怪异的公式在梦里都变成了张牙舞爪的大怪兽,一直在她身后追赶着她。

她使劲儿跑,一不小心被路上的石头绊倒,眼看着那些公式大怪兽就要把她一口吃掉。

突然,江盛宇拿着宝剑从天而降,"唰唰"两下就把那些怪兽解决了。

他回过头,扶起摔倒在地上的她。

然后——

"这都几点了,你该起床了。"鹿妈妈掐着点掀起她的被子,把她从梦中拉了出来。

她睁开眼睛,没有看到大怪兽,没有看到江盛宇,眼前只有刺眼的阳光。

她哀号一声,在床上打了个滚。

十七天的暑假,除了晚上回家睡觉,鹿檬基本上是在江盛宇家度过的,以至于后面她要去学校补课时,江盛宇愣了愣,说:"我怎么突然之间有种送女儿去幼儿园的不舍呢?"

鹿檬在玄关处穿鞋,准备回家,她回答他:"丧心病狂的女儿控,你该自己生个女儿了。"

江盛宇双手环胸，歪着脑袋靠在门边，笑道："我倒是想生。"

鹿檬穿好鞋抬头，正巧看见江盛宇歪着脑袋对自己笑的模样。

她想起那个自己做到一半就被妈妈打断的梦，不由得脸一红。江盛宇以为小丫头是被自己说得脸红了，心里颇有成就感，伸手揉了揉她的小脑袋。

鹿檬去学校之后，时间就不充裕了，周末也只放半天假。在学校里，她消化不了老师说的问题，就只能在微信上求助江盛宇。

到后来，江盛宇会给她提前复习，上数学课的时候老师提问，她基本上都可以回答，连老师都说她上了高三之后，数学成绩有明显的进步。

鹿檬跟江盛宇说了这件事，他只回了七个字："吾家有女初长成。"

03

江盛宇九月份开学后，鹿檬只能在网络上问他问题，她再次见到江盛宇，已经是国庆节了。

放学的时候，鹿檬背着书包往校门口走，她被夹在人群中，一边走一边低头看单词书。她正背到 temptation（诱惑）这个单词，单词书便被突然出现的一双手抽走了。

她的视线顺着被抢走的单词书往上移，就看见反戴着鸭舌帽的江盛宇对着她笑。

"The only way to get rid of temptation is to yield to it……"鹿檬无意识地把单词后面延伸拓展的句子念了出来。

这句话的意思是：摆脱诱惑的唯一方式是臣服于诱惑……

"你都快成书呆子了。"江盛宇把书合上，用书脊去敲她的脑袋，"小朋友，走，我请你喝奶茶。"

对于这种诱惑，鹿檬自然是臣服了。

学校附近的奶茶店里都是学生，人满为患。江盛宇带着她走了一段路，到了外面的一家奶茶店。她刚坐下，就拿出数学小册子看公式，江盛宇点了两杯奶茶，坐在她对面看她。

他的目光太肆无忌惮，鹿檬本就因为他的出现而被扰得定不下心，这会儿被他盯着，更加看不下去了，她干脆把书一收，学他的样子一只手托腮。

"学长怎么会来学校？"

正好服务员把奶茶端上来，江盛宇把其中一杯递到鹿檬面前，他笑道："我来接小朋友放学。"

鹿檬对上他含笑的眸子，胸腔里的心像擂鼓似的叫嚣着。

他们坐在窗边的位置。隔着玻璃窗，外面垂着生机勃勃的绿色藤蔓，店里放着舒缓的英语歌曲，氛围好得不像话。

鹿檬放假的最后一天，鹿妈妈打电话到江盛宇家，说鹿檬跟她闹脾气，傍晚跑了出去，到现在都没有回来，看看是不是到了江盛宇家。

刚吃过晚饭，江妈妈在收拾厨房，电话是江盛宇接听的。他挂了电话，没跟父母说这件事就跑了出去。

鹿檬的手机没关机，只是她父母打过去她都选择无视。江盛宇一边跑出家门一边给她打电话，打了四五次，她才接听了电话。

"学长。"鹿檬的声音带着哭腔，从另外一边传来，她原本已经不哭了，但看见是江盛宇的电话，委屈又涌上心头。

江盛宇也急，已经深夜了，她一个女孩子到处乱跑不安全，着急问了地址想过去找她。

鹿檬却吸吸鼻子，道："是不是我妈让你来找我的？"

江盛宇知道她正在跟鹿阿姨怄气，就哄道："没有人让我来找你，是我想去找你的。大半夜的，女孩子在外面不安全，你要是不想回家，我也不押着你回去，但至少让我找到你。"

鹿檬就把自己的地址告诉了他。

江盛宇打车过去找她，可车子开到半路，鹿檬又打了电话给他。

"学长，你到哪儿了……有人跟着我！"鹿檬压低了声音，无助又害怕。

双方离得不是很远，江盛宇叫师傅加快速度，不到十分钟就找到了鹿檬。她站在路边，身后跟着两个人，时不时想上来拉鹿檬。

江盛宇下了车就朝鹿檬跑去，鹿檬看见他，仿佛看见了救命稻草，大步朝江盛宇跑去。

Chapter 09　闪闪发光的你

　　她一向乖巧，只是这次在做题烦躁的时候，跟妈妈一言不合吵了起来，才第一次爆发叛逆心理离家出走，却遇到这种事。那两个人跟了她一路，她害怕得不行，眼泪一直在眼眶里蓄着，一扑到江盛宇怀里，被熟悉的气息包围，眼泪就决了堤。

　　那两个人也是学生模样，加上开车的师傅见情况不对，也下了车，他们不敢再造次，扭头跑了。

　　鹿檬双手抱着他的腰，起初她是真的害怕，哭了没几分钟就缓过来了，却一直不松手。江盛宇也有耐心，拍着她的背安抚她。

　　江盛宇也察觉她缓过来了，问道："你没事了吧？没事咱就回家吧。"

　　一听到回家，鹿檬猛地推开江盛宇，格外抗拒："我不回去……我妈会打死我的！"

　　她其实是想回去的，因为她跑出来就是在气头上做出的行为，刚刚被人跟着，她早就被吓破胆子了。

　　可她也知道自己理亏，回去肯定少不了一顿"男女混合双打"。

　　江盛宇见她实在抗拒，就顺着她的意思，没有强制带她回去。

　　鹿檬下午跑出来后就没有吃东西，现在饿得不行。江盛宇发短信跟鹿家报了平安，就带她去夜市吃了夜宵。

　　鹿檬说什么也不肯回家，江盛宇只好带着她去找落脚的地方。

　　鹿檬看了几集美剧，到了后半夜，实在熬不住了，就趴在桌子上睡着了。

她睡得迷迷糊糊,感觉有风吹在脸上。她揉了揉眼睛,醒过来却发现自己在江盛宇的背上。太晚了打不到车,江盛宇干脆把她背回来了。

鹿檬知道他要送自己回家,也没反抗,打了一个哈欠,趴在他的肩头问他:"学长,你说我妈会不会打我?"

江盛宇想了想,道:"放心,我会在你妈动手之前抱住她的大腿,让你有逃跑的机会。"

鹿檬想象着江盛宇这瘦高个儿抱着她老妈大腿的模样,不禁笑了出来。

夜风温柔,月色动人,趴在江盛宇背上的鹿檬暗暗发誓,自己以后再也不干离家出走这种傻事了!

04

鹿檬放寒假的时候又跑去江盛宇家补课。原本鹿妈妈说,准备过年了,就不用补课了,好好过个新年。可鹿檬不依,非说学习不可以懈怠,假期第一天就背着书包往江盛宇家跑。

暑假的时候江盛宇收了补课费,到了寒假,他说什么都不肯再收了,但鹿妈妈还是把钱塞给了他。

江盛宇拿着那笔钱,觉得很是烫手,正不知道怎么办,余光瞥到一边做题一边吃小蛋糕的鹿檬,灵光一闪,他凑过去说:"小朋友,我带你去吃肉吧。"

就这样,补课费绕了一个弯,最后还是回到了鹿檬身上。

江盛宇带鹿檬去了一家烤肉店。腊月寒风刺骨,鹿檬把自己裹成一个球,整个人就露出眼睛。她的个子本来就小,这么一裹,看起来更圆滚滚了。江盛宇则是衬衣外加黑风衣,看起来高挑又好看。

江盛宇看她那个样子,实在忍俊不禁。

到了烤肉店,江盛宇负责烤,鹿檬负责吃,吃到肉的鹿檬心情都好多了。

江盛宇忍俊不禁地道:"你吃到肉心情就这么好?"

她抬眸看向坐在自己对面的江盛宇,哪怕是坐在人声嘈杂、充斥着油烟味的烤肉店里,他也依旧清爽得如同清风朗月一般。

鹿檬没忍住,嘴角扬起一抹笑:"我不是因为吃到肉才开心的。"

江盛宇把刚烤好的五花肉拿出来,用生菜包好递给她:"哦,那是因为什么?数学考满分了?"

她接过江盛宇包好的五花肉,恶狠狠地咬了一口,嘟囔道:"你能不能不要在这么开心的时刻提这么沉重的话题?"

"学长。"

江盛宇"嗯"了一声,把她爱吃的小香肠放在烤盘上。

鹿檬继续问:"你跟其他女孩子一起吃过烤肉吗?"

江盛宇翻肉的手一顿,抬眸对上鹿檬满怀期待的眼神。到底是小姑娘,什么心事都写在脸上。

江盛宇没什么好隐瞒的,爽快地答道:"没有。"

他们吃得差不多的时候，店里进来一拨人，有人认出了江盛宇，喊了他一声，然后两人行的烤肉变成了江盛宇的高中同学大聚餐。

鹿檬刚才已经吃饱了，因为想着事，心不在焉的，这会儿坐在江盛宇身边，难免有些无所事事。一大群人，她只认识江盛宇，他们聊得越热闹，鹿檬在里面就越突兀。有个男生注意到她闷着，倒了一杯啤酒给她，刚递到她面前，江盛宇就接过去了。

"她还小，不能喝酒。"

鹿檬却拉了拉江盛宇的袖子，小声说："我想喝饮料。"

鹿檬坚持，江盛宇就给她买了一瓶饮料。

她先是抿了一口饮料，味道不错，所以喝完那小半杯后，又给自己倒了一杯。

江盛宇拿起鹿檬的包，把鹿檬拉起来，对众人说："不好意思啊，她还小，再不回家她爸妈和我爸妈都不会放过我的。"

江盛宇牵着鹿檬走，鹿檬低着头，突然开口。

"江盛宇。"

"嗯？"

鹿檬壮着胆子问出了自己一直不敢问的问题。

"我听他们说你有喜欢的人吗？"

江盛宇不想骗她，"嗯"了一声。

这是预料之中的答案，但听到江盛宇亲口说出来，还是让她不太开心。这种坏情绪被放大后，她顿觉非常委屈。

她加快步伐，江盛宇想扶她，她干脆一甩手，往前蹦跶了几步，江盛宇一直跟在她身后。

鹿檬走着走着，不知道怎么的，突然停下脚步。

江盛宇也停下脚步，说："怎么了？"

鹿檬低头看着地上的石子儿，嘭了嘭嘴，把石子儿踢远。

"我不开心。"她的声音里带着哭腔。

"为什么不开心？"

听到江盛宇的询问，鹿檬却不知道怎么开口了。她为什么不开心呢？

鹿檬想了很久，自己也找不到原因。

她很生气，于是她转过头，毫无预兆地踢了江盛宇一脚。

江盛宇哭笑不得，不知道自己怎么惹这小祖宗生气了。

回到家后，她想起今天的事情，越想越憋屈。

05

高三的第二个学期开始百日倒计时，鹿檬的数学成绩勉勉强强，不至于太拉其他科的平均分。她文综和语文、英语的成绩原本就很优秀，数学成绩提上来了，她就成功挤上了文科年级前三的位置。

她暗暗算了一下自己的成绩，又找了江盛宇所在学校以前的录取分数线来做对比，再去问江盛宇，自己考他们学校有没有机会。

江盛宇当时问她："你为什么想考我们学校？"

江盛宇念的大学是理工类，鹿檬是成绩拔尖的文科生。虽然他们学校也有文科专业，但江盛宇始终觉得鹿檬应该去综合性大学。

鹿檬回道："因为你在那里啊。"

江盛宇却回复："其他学校有很多比我厉害的人。"

因为江盛宇的态度，除了补课，鹿檬没有再跟江盛宇有过多的接触。

就连江盛宇说新开了一家甜品店，带她去吃，她虽然心动，但最后还是拒绝了。

江盛宇察觉到鹿檬在回避他，他也没挑破，只是周末鹿檬在他家补完课后，他看到了鹿檬忘在桌子上的练习册。

江盛宇等到周一，自己将练习册送到了鹿檬的学校。他的相片还在校门口的光荣榜上贴着，学校里大部分人都认识这位学长。他出现在鹿檬教室门口的时候，就有人认出了他。

鹿檬被叫出去，她蹙眉问道："你来做什么？"

江盛宇把那家甜品店的新品给她，然后才拿出练习册。

"你的练习册落在我家了。"

鹿檬接过练习册，愣了半晌，才说了一句"谢谢"。

鹿檬的同桌是江盛宇的小迷妹，她打鸡血的时候总会说自己要成为下一个江盛宇。江盛宇走后，她很是兴奋地拉住鹿檬的手。

"我的天，你的补习老师居然是江盛宇！"

她转过头问同桌："你觉得我可以考上他那所大学吗？"

"啊？"她愣住了。

鹿檬沉着脸，同桌这才清了清嗓子，正经道："江盛宇学长很优秀，你也很优秀，所以，你可以的！"

鹿檬盯着那本练习册看了许久，觉得同桌说得有道理。

高考倒计时十天，鹿檬不再每天往江盛宇家里跑，但江盛宇每天晚上都会跟她打视频电话，给她一些指导。

高考倒计时第五天，那天是十点多钟下的课，鹿檬走出校门口，就看到江盛宇站在那里。

鹿檬一脸惊喜地跑过去，说："学长，你怎么来了？"

江盛宇手里拿着她喜欢吃的香草味的冰激凌，他很自然地递给她："我来看看你啊，怕你压力过大。"

盛夏的夜晚，燥热散去，吹过来的晚风让人舒适了不少。一路上两个人几乎没怎么说话，但鹿檬的心情格外好。

江盛宇注意到她步伐轻快，忍不住问："心情这么好？"

"是呀是呀。"鹿檬也不否认，"我们就像是同班同学，放学一起回家一样。"

江盛宇把鹿檬送到家楼下，把书包递给她："高考加油哦。"

"学长，我能不能每考完一科，就给你打个电话？这样我比较安心。"

江盛宇站在路灯下，身上仿佛笼罩着一层光，他站在那里，莫明让人心神安定。

他说："好，我尽量腾出时间，确保那个时间段能接你的电话。"

高考如同一场洪流，来势汹汹，在大家来不及反应的时候它就以自己独有的方式结束了大家的高三生活。

如同约定的一样,鹿檬每考完一科,都会跑到外面给江盛宇打电话,前三科江盛宇都会接电话,鹿檬欢喜的心情从屏幕渗透出来。考完最后一科,鹿檬跑出考场给江盛宇打电话,她想跟他说,这次考试她觉得自己考得挺好,不出意外上他们学校应该没问题。

电话响了几声后被人接听,接听的人却不是江盛宇。

"学长……"

"你好,江盛宇现在在忙,你有什么话可以跟我说,我替你转达。"手机里传来的女声打断了鹿檬欣喜的话语。

她仿佛被人从头到脚泼了一盆带冰块的冷水,在一瞬间将她的热情全部浇灭。原本她想跟江盛宇分享高考后的心情,现在也提不起兴趣。

她匆匆地挂了电话,原本轻松的心情再一次沉重起来。

有些事情被打断之后,好像就没有再提起的必要。

比如走出考场那一刻的喜悦,过了就过了,她再也找不到当初那种想要跟别人分享的感觉了。

◆ 06 ◆

江盛宇的电话是在鹿檬回家的路上打来的。

鹿檬背着重重的书包,一只手拿着奶茶,一边喝一边接他的电话。"

"我刚刚在忙,手上戴着手套弄药品,腾不出手,就让同学帮着接了电话,原本是让她举着手机让我听的,她见打电话来的是女孩子,就想逗逗你……你有什么要跟我说的吗?"

"没有。"鹿檬吸了一口奶茶,咬着嚼劲十足的珍珠,想着要不要再回去买一杯,只要珍珠,不要奶茶。

江盛宇顿了顿,说:"小朋友,你生气了?"

鹿檬原本是不生气的,但一听到"小朋友"这三个字,胸口便涌起一团火气。

她把奶茶咽下去,冲着另一头的江盛宇喊道:"你不要叫我小朋友,我已经成年了!"

江盛宇没察觉到她的情绪,被吼得有些发愣,缓了好久才反应过来。

"成不成年,你对我而言都是小朋友啊。"

"我不是!"鹿檬怒气冲冲地挂了电话。

刚走出实验室的江盛宇被挂了电话也是一脸蒙,舍友凑过来问:"怎么了?"

江盛宇笑着叹了一口气,说:"不知道怎么了,把家里的小朋友惹生气了。"

舍友以为他说的是他的弟弟妹妹,就提了意见:"小朋友嘛,买点儿零食、玩具,哄哄就好了。实在不行,打一顿,小孩子都皮,修理一顿就安分了。"

江盛宇哭笑不得:"不行,我家里那个有点特殊。"

鹿檬高考后没事做,就留在家里帮小姨带孩子。两个小表妹还在上小学，鹿檬每天就负责接送她们上下学，再兼职辅导功课。

她还在生江盛宇的气，把他的微信、QQ、电话号码都拉进了黑名单，想着等自己气消了再放出来。

可没想到她还没有消气，江盛宇就来找她了。

她刚从学校接了小表妹回来，就在家楼下看见了江盛宇。

他就坐在大榕树下，陪一个大爷下围棋，看见鹿檬来了，他放下围棋喊了一声："小朋友。"

鹿檬原本看见他还挺高兴，听见他这么喊，脸色又沉了下来，她两只手各牵着一个小表妹，低头道："那个奇怪的大哥哥叫你们呢，快答应。"

"我叫的是你。"江盛宇走到她面前。

"我不叫小朋友。"

江盛宇颇为无奈地耸耸肩，说："那我叫你什么？"

鹿檬瞪着他说："你就不能叫我的名字？"

江盛宇好整以暇地看着她，顺了她的意思："好的，鹿檬。"

她怎么听出阴阳怪气的感觉了？

鹿檬更生气了，道："你在阴阳怪气什么？"

江盛宇真的是哭笑不得，他顺着她的意思叫她的名字，怎么还被冠上罪名了？

江盛宇弯下腰，对她的小表妹说："大人有事情要解决，小朋友们可不可以先回家啊？"

小表妹们看了鹿檬一眼，得到同意后就自己上楼了。

鹿檬有脾气要发作，两个小朋友在也不好说什么。在目送两个小表妹离开后,鹿檬才敢开口:"江盛宇,我对你很不满意!"

江盛宇挑眉道:"就因为我叫你小朋友?"

鹿檬因为这个事情气得脑瓜子嗡嗡的,但罪魁祸首江盛宇还这么自在,她更生气了。

她气得直跺脚:"江盛宇,我在跟你谈正事,你……你别给我嬉皮笑脸的!"

旁边有个高台,江盛宇直接把鹿檬抱起来,让她坐在上面。

鹿檬想挣扎,却被江盛宇一把按住:"有没有可能,我叫你小朋友只是一个顺口的称呼?"

鹿檬一愣,她在气头上,再加上江盛宇这句话的确有点儿绕,她一时没反应过来,蹙眉反问:"你什么意思?"

她的脑子是学数学的时候学丢了吧?

江盛宇不再拐弯,直接道:"等你高考成绩出来,跟我报同一所大学吧?"

鹿檬欣喜若狂,但冷静下来后又想到另外一个问题。

"那要是我的成绩报不了你的学校呢?"

江盛宇装出认真思考的样子,故作为难道:"那只能是你忙的时候,我去找你,我忙的时候,也委屈你来找我了。"

话都说到这个份上了,鹿檬也不会不知道江盛宇的意思。

鹿檬终于绷不住,笑了出来,眉眼弯成了月牙:"这可是你说的,不许反悔啊。"

江盛宇笑着捏捏她的脸,说:"所以,现在你可以把我的联系方式从黑名单里放出来了吗?"

鹿檬拿出手机，嘴角是掩盖不住的笑："那看在你这么苦苦哀求的份上，我就勉为其难地把你'放出来'吧。"

江盛宇看到鹿檬把自己的微信从黑名单里拉出来后，就拿过她的手机。

"以后呢，黑名单这种功能不能再乱用了。"

Chapter 10

不负青春一回

他的心是一条单行线，
沐筱翼走进来了，就出不去了，
终于，他攒足了勇气，
能对她说出这一句"我喜欢你"。

01

大学生沐筱翼生日时收到了一封情书和一盒包装精致的巧克力。

德芙巧克力礼盒上缠着十分少女心的粉色大蝴蝶结，粉色的信封就压在大蝴蝶结下面。

盒子太大，她抽屉里有东西，塞不下，所以送礼物的人就把包装张扬无比的巧克力放在她的桌子上，还欲盖弥彰地打开物理册子盖着。

因为半夜十二点有太多人给她发短信送祝福，她一一回复之后就睡晚了，早上踩着上课铃冲进教室，跑到座位上的时候，同桌就托着腮对她笑得暧昧。

她正疑惑着，同桌就伸出手指，点点桌子上的东西。

"谁送的？"

沐筱翼这才低头看着自己桌子上的东西，她的书包还没放下，伸手掀开物理册子，看见桌子上的东西后，心一下子跳到了嗓子眼。

她还没反应过来，后座的男生就发现了这个情况，扯着嗓

Chapter 10　不负青春一回

子怪叫起来。托他的福,整个班都知道她收到情书和巧克力的事了。

她在课间被同桌怂恿着打开那封信,粉红色的信封,里面是同色系的信笺,上头是端正的楷体字,写着这么一句话:

> 于万千人中我也能一眼认出你,因为别人走在路上,你走在我心上。

沐筱翼嘴角一抽,心想这是从哪儿抄来的土味情话?

她把信收进书包,从劳动委员那里借了一个巨大的黑色塑料袋。放学之后,她不敢立刻走,等人走得差不多了,她才鬼鬼祟祟地抱着那盒巧克力出了教学楼。

她原以为教学楼已经人去楼空,但她跑到二楼拐角时,就听见下面说话的声音。她还没来得及做出反应,四五个男孩子就上楼了。

领头的男孩子手里拿着篮球,他仗着现在放学,老师不在,从最下面一级楼梯开始拍着球上来,乒乒乓乓的声音在空荡的教学楼里尤为突兀。

这几个男生沐筱翼认识,是跟她们班同一层的体育班的学生。

沐筱翼被挡了去路,也躲不开,就垂着头抱着东西愣在原地,任那几个身高拔尖的少年闹哄哄地从她身边走过。

等到身边没声音了,她慢慢地抬起头,却发现离自己几级的楼梯处还有一个人。

那人低头看着手里的 A4 纸，走到离沐筱翼只有两级台阶的地方，才看见沐筱翼的小白鞋。

有人？

穿着红色田径服的少年抬头，顺着小白鞋看上去，是少女细白的脚踝，再往上，是纤细的小腿和齐膝盖的校裙，她的左腿膝盖下有块指甲盖大小的、浅浅的疤，少年微微蹙眉，然后对上沐筱翼的眼睛。

沐筱翼个子不矮，可练体育的男孩子身高动辄一米八或者一米九，眼前这个男生站在矮她两级的楼梯上，眼睛还是能跟她平视。

眼前的少年有一张英气干净的脸，因为经常在日光下训练，皮肤被晒成健康的小麦色。他看起来很瘦，衣服领口露出的锁骨精致得让女孩子羡慕，但胳膊上结实的肌肉又彰显着他体育生的身份。

莫名的对视让沐筱翼有些羞赧，她又垂下头，迅速从那个男生身边跑下去。

她跑过时带起一阵风，少年刚刚训练完，身体发热，那股凉风吹到他的皮肤上很是凉快，他不由得转头看向沐筱翼跑开的背影。

"徐浩，发什么愣，快点儿上来。"一个男生趴在上面的栏杆上往下喊。

"知道了。"徐浩应了一声，转头继续看手里的报名表，看了几眼有些迷茫。

他刚刚看到哪儿了？

Chapter 10 不负青春一回

◇ 02 ◇

到底是谁送的巧克力和情书?

沐筱翼苦思冥想了好久,还是猜不出来,那盒巧克力她趁着父母不注意,偷偷拿回了房间,塞到了冬天的衣服下面。

那封情书她翻来覆去看了好几遍,还是没能认出是谁的笔迹。

应该是熟人作案,甚至有可能是熟人故意找别人代写。

她想不通,连着几天都在愣神。

这是她第一次正儿八经收到巧克力和情书,怎么能不紧张忐忑?

沐筱翼是学校合唱团的成员,每周一、三、五下午的最后一节课要上声乐课,声乐教室在综合楼的六楼,站在走廊上,可以看见整个田径场。

楼下田径场的体育生正在测短跑,欢呼声一阵阵传来,沐筱翼忍不住往下看,徐浩站在队伍最前面,拿着本子在帮老师记数据,他长身玉立,沉默端正,在闹哄哄的男孩子中自成一派。

沐筱翼是听过体育班的传闻的,作为全校男孩子最多、颜值最高的班级,在女生群里的呼声格外高。

徐浩是体育班班长,自然是引人注目的一颗星星。

热血激情的少年就位,起跑、追赶、冲线,引来周围人的阵阵欢呼。

真酷啊!

沐筱翼感叹一句,她往后几步靠着墙,看着蔚蓝的天空哼唱着谱子上的音符。

这节课声乐老师没来,合唱团的同学们就闹开了,虽然还在练习,但几个在角落,几个在钢琴旁边,小小的声乐教室里人声鼎沸。

沐筱翼觉得实在吵得慌,就跟两个女生拉了椅子到走廊上坐着,把门一关,里面的喧闹隔绝了不少。

外面忽然下起了雨,起初是淅淅沥沥的小雨,没过一会儿,小雨就变大了。田径场上的体育生们纷纷收拾东西,拥进了离他们最近的综合楼里。过了没一会儿,顺着楼梯口从底下传上来沉重的脚步声。

教室里面的同学没忍住,打开门跑到楼梯口往下看,"啧"了一声,道:"这体育生训练挺刻苦的啊,下雨了田径场跑不了,就到咱们这里来蹦楼梯了。"

沐筱翼跟着另外一个女生也跑过去看,下面的男生们个个背着手,从一楼蛙跳上来,然后再从另外的楼梯跑下去,依次重复。

沐筱翼她们还没来得及进教室,那群男孩子就闹哄哄地蹦了上来,领头的就是体育班班长徐浩。

他闷头蹦上来,在起身抬头的一刹那,跟六楼楼梯口的沐筱翼进行了短暂的对视。

然后他迅速移开视线,跟她擦肩而过,走到另外的楼梯口跑了下去。

Chapter 10　不负青春一回

03

　　五四青年节，市里举办了一个合唱比赛，让各个学校组织学生参加比赛。

　　这种差事，合唱团的老师怎么会错过？其得到消息后就通宵选歌打印谱子。第二天下午最后一节课，老师就把合唱团的学生叫到了学校的大礼堂。

　　沐筱翼要等隔壁班一个同学，她到大礼堂的时候，观众席前面已经坐满了人。她扫了一眼，发现过道右边的观众席上坐着的是体育班的十几个男生。

　　她跟那个同学坐到过道左边的人群后面，忍不住好奇心，她用手指戳戳前面一排的一个女孩子，问道："体育班的怎么也在这里？"

　　那个女生回头，压低声音道："老师说光是合唱太单调了，就把体育班又高又帅的十几个男生拉来给我们排队形，我们唱歌的时候，他们就穿着白衬衫黑皮鞋，戴着白手套，在我们后面一字排开，挥舞红旗。虽然我觉得这个提议挺傻的，但我相信，体育班的兄弟们扛得住这个场面。"

　　沐筱翼"哦"了一声，合唱比赛标新立异挺好，不过就难为体育班藏着掖着的这点儿姿色，一下子全部曝光了。

　　因为来帮合唱团的忙，这些男孩子不用穿田径服，徐浩穿着简单的黑色T恤衫，显得五官尤为深邃，前面几个女生已经拿手里的谱子挡住半张脸。

沐筱翼不是淡漠的人，看见好看的男孩子也会脸红心跳加速，只是腼腆的她不会像其他女生一样大着胆子跟别人谈论，也不敢直视他，只敢用余光瞟着。当他坐到跟她相对的那个位置时，她的紧张和忐忑更是达到了极点。

她坐在右边的位置，徐浩坐在左边的位置，两个人隔着过道。

沐筱翼垂着头，手指捏着谱子，但垂下的眸子还是不由自主地瞟向徐浩所在的方向。

他穿着黑色的球鞋，坐着时裤腿被带上去不少，露出好看的脚踝，沐筱翼看着看着，竟然觉得有些性感。

她的目光再上移，觉得他搭在膝盖上的手也挺好看的。

第一次排练，老师只是排了队形，合唱团的同学被拉到外面的楼梯上站着，沐筱翼在合唱团受老师器重，第一排中间的位置就是她的。

下午的太阳还毒辣，她们面对着太阳，沐筱翼被太阳直射得眼睛都睁不开，谱子也落在了多媒体教室里，她只能抬手去挡直射眼睛的光线。

过了没多久，沐筱翼突然觉得有阴影笼罩过来。

她"咦"了一声，把手放下来，看见眼前有个高大的人影。

阳光太刺眼，让她的视线有些模糊，她缓了好久，才看清自己眼前这个逆着光的人是谁。

开头的队形就是体育班的男生一字排开，挡在合唱队伍前面，很巧的是，徐浩被分到了队伍中间，背对着沐筱翼站着，正好替她挡住了阳光。

沐筱翼被晒得有些蒙了，呆愣着看了他好半天，才反应过来低下头。

可她低头之后，目光所及就是他的球鞋和脚踝。

徐浩挡在沐筱翼前面，背后是那个小姑娘，面上被太阳烤得炎热异常，他微微昂头，直面刺眼的阳光。

晒吧晒吧，把他晒成什么样都行，别晒到身后的人。

04

沐筱翼又收到了一份礼物。

粉红色的礼盒上缠着粉色的蝴蝶结，打开之后里面是粉红色的保温杯，礼盒无比张扬地放在她的桌子上。

沐筱翼一度怀疑这些礼物是合唱团的人送的，因为她的杯子在排练的时候被一个同学撞倒，摔坏了。

她没敢用杯子，把抽屉里面的东西腾出来，把礼物塞到里面，然后自己重新买了一个。

再一次排练的时候，沐筱翼一直盯着合唱团的男生，看看会不会发现某些异常，让她知道礼物是谁送的。

夏天天气炎热，沐筱翼容易上火，一上火嗓子就会哑，所以她常备的就是下火凉茶，排练的时候就把杯子放在位置上，一有空就跑下去喝一口。

体育班那几个男生对于这次比赛来说就是锦上添花，队形不复杂，只要合唱团把歌练好，他们再进来跟着跑几次队形就可以了。所以合唱团排练的时候，体育班的男孩子就在田径场做体能训练。

沐筱翼拿着谱子去声乐教室的时候，体育班的人已经开始训练了，他们聚在综合楼的台阶下做热身运动。

沐筱翼从他们面前穿过，下面的人群突然兴奋起来。沐筱翼不知道他们在笑什么，微微别过头去看，那一群男孩子却冲着她笑。

沐筱翼心里慌张，表面上却强装镇定。她垂着头，拎着保温杯跟谱子匆匆忙忙跑上了综合楼，把那群闹腾的男孩子甩在身后。

也是从那时候开始，沐筱翼察觉体育班的男生在她出现的时候总会分外兴奋。

体育班的教室在倒数第二间，而女厕所就在走廊尽头，沐筱翼每次去厕所的时候，都要经过体育班门口。

下了课，男生们都喜欢在走廊上扎堆，沐筱翼路过体育班门口的时候，就会发觉那些男生总用探寻的目光打量她。

这种事情发生得多了，连她同桌都看出端倪，问她："小翼，体育班是不是有人喜欢你啊？"

沐筱翼摇头，说："应该不是吧。"

她是真的不能肯定那些男生的起哄代表什么，虽然可能夹杂着几分暧昧，但也许只是一时兴起……反正离正儿八经的喜欢还差好远。

"我觉得就是。对了，你收到的那些礼物，该不会是他们中的一人送的吧？"

这句话倒是点醒了沐筱翼，晚上她回到家，把那盒巧克力拿出来。她翻出情书，仔细看着上面的字迹。

第二天到了合唱团，她趁着大家没来，偷偷到讲台上看体育班的名单，一个个比对下来，她惊讶地发现徐浩的字迹跟情书上的字迹有几分相似。

我的天！

一道闷雷仿佛打在沐筱翼的天灵盖上，一时间，诧异、震惊、不解、雀跃……多种情绪涌上心头。

但她又不能肯定，只是字迹相似……说不定只是字迹相似，写情书的人根本就不是他。

05

去市里的文化馆参加比赛那天，大家都要在学校换好衣服、化好妆，再赶去比赛场地。

学校租了两辆大巴车，原本是体育班一车合唱团一车，但是合唱团的人太多，只能跟体育班那几个男生拼车。

沐筱翼化妆比较慢，等她上车的时候，场地就只剩下体育班的那辆车了。

她提着裙摆上去，发现位置已经被人占完了，还有个别体育班的男孩子站着。

徐浩就坐在靠后门的位置，体育班的男孩子都穿着白色的衬衫，配着黑裤子黑皮鞋，白色的手套被他们拿在手里，本身就是运动健儿，这会儿他们显得更加英姿飒爽。

沐筱翼看了一眼，拘束着不敢过去，她走到车的前面就停了，打算一路站到文化馆。

不过体育班的男生太过于热情，沐筱翼刚一停下来，后面的男孩子就嚷嚷开了。

"小姑娘穿着高跟鞋怎么能站着，来来来，这里有位置，坐这里。"徐浩身边的一个男孩子嚷道。

沐筱翼刚想拒绝，徐浩已经站起来了，他看向沐筱翼，语气淡然："你坐这里吧。"

车上的所有人都在看着他们，沐筱翼这会儿不拒绝了，低头走过去坐下，然后对站着的徐浩道了谢。

徐浩"嗯"了一声就不再说话，他站在沐筱翼旁边，抓着扶手，目光投向窗外的风景。

合唱团的同学不知道情况，见沐筱翼坐下后就不再看向他们，可体育班的人知道这里头的暧昧，一直对徐浩挤眉弄眼，还各种打量沐筱翼。

徐浩察觉到了，扫了一眼身后的人群，微微蹙眉，不动声色地侧身，替沐筱翼挡去那些目光。

一共有十五支队伍参赛，他们学校是第六个上台，表演之后还要等其他人唱完，最后评分领奖。

青春期的孩子是安静不下来的，他们表演完之后，在征得老师同意后，就溜了出来。

沐筱翼也跟着同学跑了出来。文化馆不远处有家奶茶店，沐筱翼早就渴得不行，拉着朋友就直冲奶茶店。

可比赛的人多，出来买奶茶的人也多，她们到的时候，前头已经排了七八个人。她们顶着大太阳排队，好不容易要轮到她们了，突然闹哄哄拥过来四五个男生，直接排在她们前面。

沐筱翼虽然文静，但眼睛里是容不得沙子的，何况她们身后还排着好多女孩子，她忍不住道："同学，我们身后还排着好多人，你们这样不太好吧。"

身后的女生也不满地嘟囔着，可那些男生不听劝告，说："我插队就插队了，你还能拿我怎么样？"

还真的不能拿他们怎么样。

沐筱翼还站在原地，那些男生挤过来，推了她一把，她踉跄着往后退了一步就被人扶住肩膀，下一秒，徐浩从她身后走出来，伸手推开那几个男生，挤到奶茶店的吧台前。

"给我两杯奶茶。"

那些被推开的男孩子很不满，气焰嚣张地冲他嚷道："你是谁啊？想英雄救美啊？也不看看自己够不够格？"

徐浩没说话，点好东西付好钱后又回到沐筱翼面前，把单子递到她手里。

沐筱翼没想到他是给自己买的奶茶，愣了须臾，伸手去接。她刚把单子接到手里，身后的男生就嚷嚷着要动手。徐浩手疾眼快，转身握住他高举的手，与此同时，体育班的其他男生也围了过来。

"哟，这是要打架啊。徐浩，算上我们。"

清一色的大高个儿,服装还整齐统一,气势颇为强大。

那些男生也只敢挑软柿子捏,现在男生们一来,他们就不敢嚣张了。

回文化馆的路上,同学一直在絮絮叨叨地说着刚才体育班的男孩子有多帅。沐筱翼捧着奶茶,奶茶杯外沿的水珠打湿了她的手,她回想起刚才徐浩把单子递到她手里的样子,嘴角止不住往上扬。

"嗯,是挺帅的。"

合唱比赛他们拿了二等奖,回到学校之后,老师还把他们叫到大礼堂,给参加比赛的同学分发了礼物。

除了合唱团的礼物,沐筱翼还收到了另外一份礼物——零食大礼包。

这次倒是没有蝴蝶结,只是零食的包装已经足够显眼,盖子上写着"零食归你,你归我"的硕大的字,让人想忽略都难。

同桌看了之后直摇头,说:"我觉得这是体育班的人送的,粉红色大蝴蝶结、土味情话的情书、粉红色的杯子,还有这个零食大礼包,这种耿直又可爱的送礼方式,除了他们,别人想不出来。"

沐筱翼当时没说什么,只是在那个瞬间想起了徐浩,那个沉默寡言、经常会在她面前出现的男孩子。

晚上,她趁着别人走后,才敢抱着那箱零食回家。她走得晚,离开学校的时候,体育班的人已经结束训练了。

她家离学校不是很远,走路也就二十多分钟,她抱着那箱零食,走走停停,终于在走到一个人少的路口时停了下来。

"你别跟了。"她道。

身后的人愣了愣,从大树后走了出来。

沐筱翼知道身后一直有人跟着,但她转身之后看见徐浩,还是忍不住紧张。

是他,真的是他!

她强压着心头要翻涌而出的雀跃,道:"你跟着我干吗?"

徐浩依旧是那副淡然的样子,只是耳根染上红晕。他一脸拘束,挠挠头,道:"上次在奶茶店遇到的那群人是隔壁学校的,我怕他们来找你的麻烦。"

沐筱翼"哦"了一声,手指不安分地抠着怀里的零食盒子。

她往前走了几步,突然发现不对劲,就停下脚步,转头问:"那你为什么要跟着我呢?"

这次的问题,她想得到的不是与他人有关的答案,而是关于徐浩本身的答案。

就算你怕隔壁学校那群人找我麻烦,那为什么你会害怕我遇到那些人呢?为什么你会特意跟着我呢?

徐浩听出沐筱翼话里的意思,但他依旧不善言辞,也生怕自己的心思过于明显,把她吓到了。

他还是重复刚才的话:"我怕他们来找你的麻烦。"

沐筱翼知道,就算自己再问,得到的依旧是这个答非所问的回答。她不再理会徐浩,抱着零食往前走。

她现在越发笃定,她收到的这些东西就是徐浩送的。可就是差最后一层纸没有被捅破。

她很想直接问，这些东西到底是不是他送的。他送这些东西，又是为了什么？

可看到徐浩这副样子，她就不敢问。可她越是不问，心里那些复杂、压抑的情绪就跟野草一样疯长，让她的情绪变得不稳定。

她闷着头走了没几步，看着手里的东西越发憋屈。于是，她撒气般将零食大礼包丢在旁边的公椅上。

徐浩一看，连忙叫住她，说："欸，你怎么把它丢了？"

"我丢别人送我的东西，关你什么事？"

沐筱翼就是故意的，她倒要看看，徐浩还能不能沉得住气。徐浩知道自己瞒不了多久，又看到沐筱翼这个样子，料到她已经知道了。这种时候他再瞒着，就有些丧失好感了。

于是，他直接承认："这就是我送的。"

沐筱翼瞪了他一眼，好家伙，她不逼他一把，他就不承认啊。

"所以我之前收到的东西，都是你送的？"

徐浩犹豫片刻，点点头。

"我生日时收到的巧克力和情书，也是你送的？"

"嗯。"

"为什么你要送我这些东西？"

"因为我喜欢你啊！"

沐筱翼的脑子里好像又有一道闷雷炸开，他未免也太耿直了吧！

胸腔里的心狂跳不已，沐筱翼咽了咽口水，斟酌了一下用词后问道:"可是我们并不熟啊。"

"但这并不妨碍我喜欢上你。"

徐浩迟疑片刻,意识到自己表达得过于露骨,又迅速低下头,懊恼地挠着自己的头。

沐筱翼也愣住了,她看着徐浩,久久不语。

旁边是车水马龙,突然刮起大风,树上的树叶被吹落,空气中带着些许不可言传只能意会的暧昧。

徐浩思绪混乱,想着怎么挽救自己刚才的失言,沐筱翼就已经抱着零食大礼包走过来了。她站在徐浩面前,道:"以后你不要送了。"

徐浩猛地抬头,以为是自己的行为让她厌烦了。

沐筱翼道:"不用送了,你的心意我知道了,而且这么多零食,我真的吃不完。"

"你不喜欢?"徐浩小心翼翼地开口。

"起初是不喜欢的,没有人不喜欢礼物,只是害怕礼物带来的附加值让自己不能接受。你之前送的巧克力、杯子,我都不敢动……"

眼看徐浩的表情越来越难看,沐筱翼顿了顿,笑出声:"但是现在我知道送礼物的人是你,我愿意承担礼物带来的附加值!"

徐浩迟疑片刻,终于明白了沐筱翼话里的意思。

于万千人中我也能一眼认出你,因为别人走在路上,你走在我心上。

这是徐浩想了好久才摘抄下来的句子,沐筱翼于他,就是千千万万个人里最特别的存在。

  第一次见到沐筱翼时，他跟同学打闹，只顾着转头跟身后的同学说话，在跑的过程中撞到了沐筱翼，她的膝盖撞到地上，擦破皮出了血。

  他们连忙把她送到医务室，但她的膝盖还是留了疤。

  因为这个契机，徐浩开始注意这个女孩子。

  他的心是一条单行线，沐筱翼走进来了，就出不去了。终于，他攒足了勇气，能对她说出"我喜欢你！"

  因为有你，才不辜负青春一回！

Chapter 11

飞蛾扑火，我扑你

"我没有把你推给别人，
我只是想让你跟喜欢的人在一起，
但你喜欢的人是我，那这件事就完美了。"

悄悄喜欢你

01

肖晨羽读高一的时候,参加了省级电视台举行的高中生脑力比赛,以中考成绩全市第一考入高中的她,却在最后的知识抢答环节以七比零惨败对手。

虽然对手是高三的学生,但一向骄傲的肖晨羽还是感到挫败。比赛结束后,她蹲在后台大哭了一场,被老师找到时,一双眼睛红肿得吓人。

众人都以为肖晨羽遭到打击后会一蹶不振,可肖晨羽偏偏不遂他们的愿,大哭一场后又恢复往日的精气神,在第二年的脑力比赛中,以五比二的成绩赢了比赛。

第三年,已经高三的她更是续写了之前的辉煌,以七比零的成绩赢了自己的对手。

同样的七比零,三年前,她输得一败涂地,三年后,她把她输掉的尊严赢了回来。

同年,她参加高考,以优异的成绩考上了理想的大学。

新生报名后,系里的学姐把她带到宣传栏前,让她敬仰一下系里优秀的学长学姐们的风采,其中占据中心位的是叫苏鲲岳的大三学长。

他拿过的奖项排列下来，比旁边几个学长学姐加起来的奖项还要多，而且一眼望去，面容最为清秀的就是他。

相片里，男生五官精致，眉目俊朗，端的是清风朗月般的气质，这样的样貌加上这么闪亮的履历，完全就是偶像剧男主角的标配。随行的几个女生已经面带羞赧，低声轻叹，只有肖晨羽兴致缺乏，打了一个哈欠，连个眼神都不想在光荣榜上停留。

军训的时候，他们顶着烈日在原地休息，肖晨羽被晒得有些蒙，眯着眼睛打不起精神。她正恍惚着，就听见身边几个女孩子的窃窃私语——

"就是那个人，穿灰色T恤衫背黑色包的就是苏鲲岳。"

"哇，真人比相片好看多了。"

肖晨羽眯着眼睛看过去，视野模糊中，她果然看见了路过军训队伍的苏鲲岳。

本着礼貌的原则，军训的学弟学妹在学长路过时，都会高声喊着学长学姐好之类的话，一时间周围响起震耳欲聋的问好声。

肖晨羽的个子不高不矮，夹在清一色的迷彩服队伍里，估计她爸妈要找她都要费很大的劲，可当苏鲲岳的视线投过来时，她突然心虚地低下头，一股不知名的悸动从心底升起，就像是剧烈摇晃之后开启的汽水瓶，"嘭"的一声，在一瞬间炸满心扉。

直到前面的队伍响起问好声，她才敢抬起头，看着那个渐行渐远的背影。她头脑越发不清醒了，那明明是一个挺拔的青年背影，可她望着望着，却觉得那个背影的主人似乎还带着满满的少年稚气。

少年的光芒带着锐利,稍不注意便会伤到其他人,可他一笑,又是清风朗月,春风扑面。

肖晨羽一直看着苏鲲岳,直到他的背影消失在视野里。她勾起苍白无力的笑,后脑勺生起重坠感,她不自觉地往后倒去。

她眼睛一闭,什么军训什么迷彩服,通通不见了,她满脑子都是苏鲲岳忍俊不禁抿嘴笑的样子。

02

肖晨羽睁开眼睛时,看到了白色的天花板,鼻尖萦绕着淡淡的消毒水味,她再垂眸,看见盖在自己身上的白色薄被,她可以肯定,自己是在医务室。

军训中暑是常发生的事,教官也不会强押着你去训练,她心满意足地翻了个身,想继续休息一会儿,就听见帘子外面有说话声。

"学长,你怎么会来医务室,是受伤了吗?"

"昨天同学崴伤脚,来这里躺了一会儿,把东西落下了,我路过,就来帮他找找。"清冽沉稳的男声响起。

女孩子的声音她听得出来,是负责带他们班的大二学姐,想来应该是这个学姐带她来医务室的,可是男孩子的声音……她就记忆模糊了,好像在什么地方听过,可就是记不起来。

外面传来窸窸窣窣的响声,也不知道发生了什么,过了好一会儿,学姐的声音再一次响起。

"学长,学校附近新开了一家餐厅,你有空的话……"

"今晚我有课。"

"那明天……"

"明天舍友生日。后天的话,要开始忙实验室的事情。"

稍微有些脑子的人都察觉到了,男生是在拐着弯拒绝,学姐这会儿也沉默了,一个不敢再说话,一个本来就不想说话,两人就跟她隔着一个帘子僵持着。

透过帘子下方的空隙,肖晨羽可以看见他们的脚,帘子上隐隐约约透着他们的影子,这样的场景,怎么看都是偶像剧的标配,只可惜,妾多情,郎无意。

学姐也是鼓足勇气才邀请他的,这会儿被拒绝,面子上也过不去,她找了一个借口,匆匆忙忙跑开了。

肖晨羽听见学姐的脚步声消失在门口,然后便听见帘子外的男生轻轻地叹了一口气。

肖晨羽有些忍俊不禁,看来这个男生经常被女孩子表白啊……等等,经常被女孩子表白……肖晨羽也不知道从哪里涌上的热血,突然觉得一帘之隔的男生她认识。

她倾身抬手,"唰"地拉开帘子,果然,她看见了站在帘子外的苏鲲岳。

她松了一口气,真的是他。

可下一秒,她的心又提到了嗓子眼,怎么是他啊?

她军训中途被送到医务室,肯定特别狼狈,这会儿还躺在床上，脸色肯定很难看，可就在这么不合适的时间，她跟他狭路相逢了。

刚刚学姐是认为肖晨羽没醒，这才大着胆子邀请他的，所以他也认为这房间里没其他人，这会儿帘子突然被人掀开，他也是诧异无比。虽然他刚刚也没做什么，但这到底是隐私，被第三个人听到总是不好的。

肖晨羽的手揪着帘子，一个坐在床上，一个站在床边，场面比方才尴尬多了。

肖晨羽触及苏鲲岳的视线，就莫名发慌，索性她心一横，又把帘子"唰"地拉上，重新隔着帘子跟苏鲲岳对峙。

"你是大三的苏鲲岳学长吧？"

隔着帘子，她终于有勇气向他开口了。

苏鲲岳在学校里人气极高，新生认识他并没有什么奇怪的，他"嗯"了一声。

"学长经常被人表白吗？"

苏鲲岳没料到会被这个小学妹问这个问题，顿了顿才道："好像……应该……是吧。"

"可学长好像谁都看不上。"

"也不是说看不上，只是我还没有恋爱的心思。"

肖晨羽抿嘴轻笑一声，紧张感也消散不少："那就是你还没有遇到喜欢的人。"

苏鲲岳想了想，默认了。

……

当苏鲲岳拿着舍友遗落在床位上的耳机走出医务室的时候，

忍不住回头去看,他实在想不通,自己怎么会跟素不相识的小学妹谈论这种话题。

03

苏鲲岳再一次见到肖晨羽,已经是军训之后了。

苏鲲岳是上一届学生会会长,原本他已经把职务让给大二的学生,但秉承着学长的关怀,他偶尔还是会回到学生会看看。

那天下午他到了学生会的办公室,正跟这一届的学生会主席聊着,肖晨羽就从外面推门进来了。她戴着柠檬黄的小帽子,一脸稚嫩,完全不像是大学生,反倒像是来探望哥哥姐姐的中学生。

她看见苏鲲岳后,脚步微微一顿,反应过来后喊了一声:"学长好。"

里头站着两位学长,也不清楚她喊的是谁,大二的学长便给苏鲲岳介绍道:"这是大一的学妹,叫肖晨羽,跟学长你是同一个系的,各方面都很优秀。"

然后他又对肖晨羽道:"晨羽,这是上一届的学长,苏鲲岳。"

肖晨羽的视线投到苏鲲岳身上,又喊了一声"学长好",等打完招呼,她才开始办正事。

上一次他们见面已经是一个月前的事情了,加上那时候肖晨羽被晒得有些狠，现在肤色差异明显，苏鲲岳看了她好久后才想起来，这是在医务室的小学妹啊。

肖晨羽刚加入学生会，今天来这儿是要把资料拿到到指导老师的办公室去，整理成表格。这原本是学姐的事，但学姐今天有约会，她就把这个活揽了下来。

那些资料是问卷调查之类的东西，一份也就十多页，但目测有上百份，她搬得动，就是有些费力。

她把资料搬出来的时候，苏鲲岳还在跟大二的学长聊天，等她走出办公室往下走的时候，苏鲲岳也出来了。

苏鲲岳见肖晨羽小胳膊小腿的，拿着厚重的资料很是费劲，便上前主动帮忙。

"我帮你拿吧。"

"不用。"她侧身躲开苏鲲岳的手，"我搬得动。"

苏鲲岳有些尴尬地收回手，但又有点儿哭笑不得，这姑娘怎么这么倔？

指导老师的办公室在另外一栋楼，肖晨羽继续往下走，苏鲲岳就在后面跟着。那些资料的棱棱角角刮得她手腕酸疼，她便停下来把脚支在栏杆边上，重新整理那些快滑落的资料，一低头，头上的小帽子就掉了下来。

她站在楼梯上，帽子滚了几圈才停下来。

她两只手都拿着资料，要是弯腰捡帽子的话，就得把手里的东西放下来。她正犹豫着，身后的苏鲲岳已经走下来帮她捡起帽子。他拍了拍上面的灰，走到低她两级的台阶上，把帽子重新戴到她头上。

他往下压帽檐的时候,手指碰到了肖晨羽的耳朵。

肖晨羽条件反射,缩了一下脖子。她反应过来的时候,红晕和燥热感已经从耳朵蔓延到脸颊,她垂着头,生怕苏鲲岳看到她这副样子。

苏鲲岳见她缩头,以为她又要躲,连忙伸手拿过她手里的资料,掂了掂,还挺沉。他往下走了几级楼梯,才回头对她道:"我帮你送过去吧。"

肖晨自然是愿意的。

她低着头,跟在苏鲲岳身后,努力压住狂跳不已的心,摆出最自然的姿态。她低着头,一步步走着,踩在苏鲲岳的影子上。

04

在大一新生中,肖晨羽无疑是佼佼者。

她成绩优秀,获奖无数,入学之后也是格外积极,学校里有什么比赛,她都是第一个报名参加,从辩论到演讲,只要是有含金量的比赛,她都积极参与,还拿到了不俗的成绩。

物以类聚,人以群分,肖晨羽的优秀让很多人望而却步,她也成功走到同样优秀的苏鲲岳身边。

肖晨羽已经用自身的光芒成功吸引了苏鲲岳的注意力。

更有甚者直接把肖晨羽叫作"女版苏鲲岳",两人都是智商令人望尘莫及的天才。

  关于他们的谣言,是在肖晨羽被拉去参加大二学姐的花卉社举办的插花比赛开始传出来的。

  肖晨羽参加的比赛太多,以至于在别人眼里,只要是比赛,她就来者不拒,加上之前肖晨羽有找这个学姐要过资料,看了自己的课程,正好有时间,她就答应了学姐去参加比赛。

  高中时的课外拓展课老师有教过插花,而且这个比赛实在冷门,肖晨羽轻轻松松就拿了第二名。

  她抱着自己的插花作品和第二名的奖状回宿舍的路上,正好碰到从实验楼出来的苏鲲岳。

  比赛用的花卉是学校准备的,前三名可以把作品带回去。肖晨羽的花束选的是大朵的花,她把花抱在怀里,只露出小脑袋,跟苏鲲岳迎面碰上,苏鲲岳愣了愣,又看见她手上的奖状,一时没忍住,笑道:"学妹还真的是多才多艺啊。"

  肖晨羽一张小脸埋在花朵里,羞赧道:"学姐叫我来帮忙的,有十八个人参加比赛,一等奖、二等奖、三等奖,再加上优秀奖,都十五个名额了。"

  肖晨羽离苏鲲岳还是有段距离的,她怀里的花束底部有泥,浸了水,重量增加了许多。插花比赛的地点也挺远,她抱着花束走了好长一段路,遇见苏鲲岳之后停下,脚板已经开始生疼。她跟苏鲲岳打过招呼,就想快点儿回宿舍,可是再一迈步,她就很悲催地脚抽筋了,她脚一软,抱着大花束跪在苏鲲岳面前。

  肖晨羽疼得眼角冒泪,可路过的人却认为她是抱着花单膝下跪,跟苏鲲岳表白。

苏鲲岳也是一愣,看见肖晨羽疼得扭曲的脸,立马发觉不对。

"脚抽……抽筋了。"肖晨羽含泪望着他。

苏鲲岳一个激灵,连忙蹲下去,把她扶到旁边的椅子上坐下,然后跪在地上,一只手握着她的脚踝,一只手包住她的鞋底,一点点帮她把抽筋部位的肌肉拉顺。

肖晨羽疼得咬牙切齿,苏鲲岳也是救人心切,压根没注意到周围路过的人已经自动给他们加上带有暧昧色彩的滤镜。

05

"大三的苏鲲岳有女朋友了!"

"怎么可能,谁配得上那个大神啊?"

"是真的。我看见那个女生直接抱着一束花单膝跪在苏鲲岳面前,然后苏鲲岳就答应了。那个女生好像是大一的,也很聪明的,叫什么晨羽来着。"

"……"

旁边的几个女生在讨论这个问题的时候,苏鲲岳和肖晨羽就只跟她们隔着一个书架。虽然是无中生有的事情,但肖晨羽还是心虚。她捧着一本书,打开挡住脸,缓缓蹲在角落,怕被别人发现。肖晨羽看见苏鲲岳还笔挺地站着,拉拉他的裤脚。

苏鲲岳低头看向缩头缩脑蹲在自己脚边的肖晨羽,不禁觉得好笑，余光瞥到那些女生走远了，便调侃道："你现在这个样子，等会儿被人看见，说不定又会被人说成咱们交往第一天，我就要分手，你可怜巴巴地抓着我的裤脚挽留。"

肖晨羽一听，立马撒手，她站了起来，四处张望，见没人了才松了一口气。

这个谣言从昨天晚上开始就传开了，就连舍友都拿她单膝跪在苏鲲岳面前的相片来审她，来势汹汹且势不可挡。

今天她跟苏鲲岳约好了来图书馆自习，一路上大家看他们的眼神都十分复杂。

偏偏处于话题中心的苏鲲岳还一副镇定自若的样子。

苏鲲岳专心翻阅着书架上的书，侧脸线条完美，他往这个角落一站，感觉就连最孤寂的尘埃都开出了花。

肖晨羽打开一本诗集，她心怀身边的人，一目十行，精神不能集中，诗句里都躺满了他的名字。

"学长，"她喊他，"要不我去解释一下吧，感觉这样会给你造成困扰？"

"解释就是掩饰。"苏鲲岳把手里的书塞回书架上，转过头看她，"而且清者自清，只要我们内心不乱，管别人说什么，谣言总归是谣言，聪明人不该跟谣言计较。"

肖晨羽笑着"哦"了一声，做出恍然大悟的样子，可低头的瞬间，她的笑容凝固在嘴角，眼里溢满苦涩。

她哪里是清者自清？她怎么说出口？她喜欢他的心，就像一只谨慎的兔子，壮着胆子靠近，只要他一个不耐烦的表情，她就红了眼睛。

Chapter 11 飞蛾扑火，我扑你

不甘止步于当下，更不敢往前一步，生怕一步错，步步错。

肖晨羽体内的能量跟阳光成正比，夏天活力四射，冬天就只想着冬眠，秋末冬初的时候，肖晨羽已经开始囤冬天的衣服了，棉衣、帽子、围巾，简直是全副武装。

她在网上买了织围巾的工具，发誓要给舍友每人织一条围巾。可能越期待越心急，眼看着快递物流一直不动，她万分焦灼，偏偏这个时候也没有什么比赛来让她分心，她就拉着舍友去商场买材料，想先练练手。

她在关于学术的问题上雷厉风行，答案明确，可到了现实生活中，却是十足的选择困难症患者，一圈逛下来，她的大背包已经满了。

说来也惭愧，当其他女孩子背着精致的小挎包的时候，她还在图方便，背运动风的黑色大背包，买的东西塞在里面，满满当当的。

她跟舍友扫完货，正打算打道回府，刚走到商场门口，她的背包就被人从后面拎起来，肩上的重量一下子减轻了很多。

她回过头，发现身后站着苏鲲岳和他的朋友。

"学长好。"肖晨羽和舍友齐声打了招呼。

苏鲲岳"嗯"了一声，手依旧没有放开肖晨羽的包，他掂了掂重量后问道："这么重？你是买了材料准备回去造生化武器炸学校的实验楼吧？"

肖晨羽大窘，之前她跟着教授去实验楼的实验室时，看见那些化学药品，心里很雀跃，苏鲲岳就在一旁提醒："这些东西别乱碰，杀伤力可比一般炸药强多了。"

肖晨羽那时候条件反射般回答："那你的意思是，只要这些东西炸了，实验楼就没了，是吗？"

她就随口一说，没想到苏鲲岳一直记到现在，还拿来调侃她。

可她又不好意思说这些东西的来历，正大窘，舍友就道："晨羽说要给宿舍每个人织一条爱的围巾，在网上买了材料都等不及，非拉着我来买。"

"哟，围巾啊，也不知道有没有我们老四的份。"苏鲲岳旁边的大男孩开口了，眼神暧昧，还暗暗戳了苏鲲岳一下。

之前苏鲲岳和肖晨羽的谣言传得太猛，虽然舍友知道他们之间没什么，但还是会暗暗撮合他们，肖晨羽的舍友也会意，笑道："有，当然有。我们宿舍就四个人，这些毛线怎么用得完？苏学长当然有份，而且啊，可能不止一份呢。"

肖晨羽不是脸皮薄的姑娘，可在苏鲲岳面前却是极容易脸红的，这会儿她被调侃，微红着脸垂下头，不再言语。

苏鲲岳之前一直秉承着清者自清的原则，对于什么暧昧都油盐不进，只是不知道为什么，看见面前的女孩子低着头，露出红得几乎透明的小耳朵，他的心底就像是长出了什么东西，一下子冲上大脑，紧紧缠绕，影响他思考。

他还拎着肖晨羽的包，反应过来之后，就像是抓到了烫手山芋般，猛地松手。

突如其来的重量让肖晨羽肩上一沉，原本精神有些飘忽的她身体往后一坠，苏鲲岳又手疾眼快地接住她。

到后来，还是苏鲲岳帮她拎包回的学校。

苏鲲岳和他朋友走在前面，肖晨羽跟舍友跟在后面，走着走着，舍友突然压低声音道："苏学长背着你的包，正好合适啊。"

肖晨羽一直紧跟苏鲲岳的步伐，低着头盯着他的鞋，听到舍友这么说，她抬起头，看到他背上的包，点点头说："我那个包是中性风的，男生背的话会比女生更有感觉吧。"

舍友恨铁不成钢道："我是说他背着你的包很合适，重点是你，而不是什么包，简而言之，是你跟他很配。"

喜欢一个人最大的成就是什么？应该就是你优秀到了一定程度，然后你认识的不认识的人都觉得你跟他很般配。

在此之前，她的一切就像一场战役，从战略到布局，都一丝不苟且悄无声息。

所以现在，是到了守得云开见月明的那一天了吗？

06

在下雪之前，肖晨羽织了五条围巾，她和舍友占了四条，还有一条，跟她那条是一样的，一男一女戴的话，就是情侣款。

可是她不敢送，她不知道要以什么理由送出去，因为一开始她的身份就不允许她做这种事。

苏鲲岳行事果断，爱憎分明，朋友是朋友，恋人是恋人。肖晨羽遇到过许多跟苏鲲岳告白的女孩子，都被他直言拒绝，一点儿也不拖泥带水。之前她还很单纯地认为，苏鲲岳这种性格是极好的，至少不会招蜂引蝶，可是啊，也因为他这种性格，让她连靠近他的机会都没有。

她怕自己捅破这层关系后，她跟苏鲲岳连朋友都没得做。

因为他太好了，她追了他那么久，才走到他身边，她害怕得不得了，生怕自己把好不容易拉近的关系搞砸了。

圣诞节，有男朋友的舍友出去约会，家在本市的就回家，只有她闲在宿舍里。没人的宿舍是冷清的，为了让自己看起来不那么孤单，她只能收拾东西去图书馆。

她惊喜地发现，除了她，还有另外一个"遗世独立"的人。

苏鲲岳戴着耳机坐在靠窗的位置，身后是大盆的绿植，冬日阳光从窗外洒在他身上，随便一拍，估计就是一张海报。

肖晨羽走过去坐到苏鲲岳面前，后者的注意力原本只在书上，察觉到对面有人，他抬眸，就看见那个明眸皓齿的姑娘，一张笑脸埋在柔软暖和的围巾里，眼睛含着笑。

苏鲲岳把耳机扯下来，惊喜道："圣诞节你怎么不出去玩？"

肖晨羽笑得娇憨，说："还不是因为穷，圣诞节之后就是跨年，我斟酌再三，还是决定攒钱过几天之后的元旦。"

苏鲲岳笑而不语，眼前的姑娘对于学习上的问题，总是板着脸一丝不苟地完成，但脱离学习，她又是一副古灵精怪的模样。

就这样，两个不过圣诞节的人在图书馆相遇了。整整一个下午，肖晨羽就坐在苏鲲岳对面看书。等到一本书看完了，她伸懒腰时才发现苏鲲岳早就不看书了，而是一只手托腮看着她。

"你看完了？"

"嗯。"

"那走吧，坐一天了，我的肚子有点儿饿了。"

苏鲲岳说完就起身去还书，肖晨羽坐在原地愣了片刻，才反应过来。

所以苏鲲岳肚子饿了，也一直等到她看完书才离开。

她心里突然涌上潮水般的甜蜜，这份甜蜜麻痹了她的脑神经，以至于她跟着苏鲲岳出来了，嘴角都挂着压不住的笑容。

苏鲲岳原本走在前面，但他察觉身后的人没有及时跟上来，回头去看，就发现肖晨羽垂眸含笑，一步一步踩着他留在雪地里的脚印。

苏鲲岳失笑，干脆不走了，停下来转身迎接她。

肖晨羽只顾着低头往前走，在视线里出现苏鲲岳的鞋子后，她才停下来，抬起头，撞上苏鲲岳的目光。

就像是突然吹来的一阵风，撞开她的心扉，撩拨起她那根名为恋爱的弦。

"你的围巾挺好看的。"苏鲲岳突然道。

肖晨羽愣了愣，才反应过来他说的是什么。

围巾好看，那是不是意味着他喜欢她织的围巾？那她送他围巾，他是不是会收下？

肖晨羽思考得太久，还没有纠结出结果，苏鲲岳就已经转身朝食堂走去。

肖晨羽跟苏鲲岳在食堂吃了饭。两人出食堂的时候，已经傍晚了，北风凛冽，肖晨羽的鼻子被吹得通红，偏偏苏鲲岳在离开食堂时还买了一罐可乐。

肖晨羽实在不能理解,可乐不是应该在盛夏烈日时分,从冰箱里拿出来,在罐身还冒着水珠的时候喝吗?

苏鲲岳买了可乐之后也不马上喝,在送肖晨羽回宿舍的路上,他一直把可乐握在手里,然后在肖晨羽看不见的地方使劲摇晃着。

快到肖晨羽的宿舍时,苏鲲岳不动声色地放慢了脚步,走在肖晨羽身后,一只手打开了那罐可乐。

就像水库开闸,被他摇晃了一路的可乐仿佛找到了发泄口,在他拉开拉环的瞬间,里面的液体像是炸开了一样,喷到他的衣服上。

肖晨羽听到声音回过头,瞬间吓傻了。

苏鲲岳故作惊慌地"哎呀"一声,恰逢一阵寒风吹过,苏鲲岳打了一个哆嗦:"好冷。"

遇到这种情况,肖晨羽也不知道怎么办,可她看苏鲲岳的衣服几乎湿透,寒风刺骨,冻坏了可怎么办?她想了想,扯下自己的围巾。

"学长不介意的话……"

肖晨羽话音未落,苏鲲岳已经上前一步拿走她手里的围巾,说:"不介意不介意。"他的动作快得好像肖晨羽会反悔一般。

虽然可乐喷在身上不好受,但他只求结果顺意,不问过程艰难。

07

苏鲲岳回到宿舍之后,还给肖晨羽打了电话,表示自己会把围巾洗好后还给她。

肖晨羽原本已经织好了给他的围巾,就是不知道怎么送给他,现在这么好的机会,她怎么还会把围巾收回来?围同一种围巾,这种事想想都开心。

苏鲲岳的舍友发现,苏鲲岳不知道从什么地方弄来一条围巾,宝贝到不行,睡觉都要放在枕头边。

不过,苏鲲岳的小雀跃只维持了三天,因为三天后,他在上选修课的时候,看见有个篮球队的男生也跟他戴了一样的围巾。

他跟那个男生有过几面之缘,不熟,但见面会打声招呼,他心生疑惑,下课之后就去跟那个男生打探消息。

那个男生倒也坦诚,说:"这个啊,是大一的肖晨羽织的……"

苏鲲岳突然觉得自己靠计谋得来的围巾有些勒脖子。

原本的雀跃被羞愧代替,他把围巾收了起来,心里不知道为什么有些酸涩。

肖晨羽没对象,家又离得远,等到了元旦这天晚上,她又是孤单一人。她原本想着去食堂吃一顿了事,可没想到刚出门,就遇到了苏鲲岳。

她兼职的工资刚刚到账,跨年夜,心上人又在眼前,她怎么能辜负?她就壮着胆子邀请苏鲲岳去外面的餐厅吃饭。

但一顿饭下来,苏鲲岳都是心不在焉的,肖晨羽以为他心情不好,很识趣地没有多问。但回学校的路上,他突然说道:"你也到了谈恋爱的年龄了,你聪明又漂亮,应该有不少男孩子喜欢吧?"

肖晨羽不知道为什么他会突然提起这个话题,摸不清底细,她干脆闭口不语,看他接下来怎么说。

苏鲲岳也不等她回答,自顾自道:"篮球队那个男生人不错的,虽然在学业方面比不上你,但你们女孩子不是都喜欢打篮球的男孩子吗?那条围巾他戴着也很合适,如果你真的跟他在一起了,似乎……"他顿了顿,压着酸涩,坚持把话说完,"也挺好的。"

肖晨羽思考了好一番,终于弄清楚苏鲲岳的意思了。

她蹙眉道:"学长,你的意思是,想让我跟篮球队的男生在一起?"

苏鲲岳心头一紧,微微点了点头,说:"只要你喜欢,跟谁在一起都——"

苏鲲岳话音未落,肖晨羽就弯腰捡起地上的雪,狠狠砸在他脸上。

新雪松软,肖晨羽来不及握紧,打在脸上没什么感觉,只是苏鲲岳还没有反应过来,肖晨羽又是几个雪球丢过来,这下她有时间准备,雪球一个比一个大,打在他身上也越来越疼。

"苏鲲岳,我以为你会察觉的!"肖晨羽因为愤怒声音微微颤抖,字句却越发清晰,"你怎么都忘记了?三年前,我读高一的时候去电视台参加脑力比赛,被你以七比零的成绩打败。我跑到后台去哭,是你过来安慰我,说等我变得更加优秀了,就去找你,光明正大地赢你一回。我来了,你却把我忘记了!"

苏鲲岳有些蒙,听到她这么说,他想了好久才想起往事,他高三的确是代表学校去电视台参加过一场比赛,七比零的碾压性比分也让他在学校里声名鹊起。只是他一直是内疚的,因为被自己打败的那个女生在比赛后跑到后台哭的样子实在太让人心疼。

可只有一面之缘,他实在记不得那个女孩子的样貌,加上当时他只记得对手的学校名字,所以才没有认出她。

肖晨羽的声音已经哽咽:"从那时候起,我就以超越你为目标,一直走到了现在,我也不是很清楚是什么时候喜欢上你的,反正等我发觉的时候,就已经是了。你是我的青春啊!你不喜欢我,我不怪你,可是为什么你要把我往别人身上推?那个篮球队的男孩子,是我舍友喜欢的男生,舍友手笨,求我帮她织一条围巾,那个男孩子也知道……"

肖晨羽只顾着哭,就没继续团雪球了,她眼睛通红,望着苏鲲岳的样子活像一只受了委屈的兔子。

苏鲲岳听到她的话,先是惊讶,后面慢慢转为错愕,再然后就是欣喜。

肖晨羽说的其他话他通通忽略,他在意的只有肖晨羽不喜欢那个男孩子,肖晨羽喜欢的人是他。

肖晨羽还在哭泣,他却朗声大笑,大步向前拥住肖晨羽的身体。

"我没有把你推给别人,我只是想让你跟喜欢的人在一起,但你喜欢的人是我,那就再好不过了。"

苏鲲岳一向沉着冷静,这次却难得语无伦次:"你是不知道,我看见那个篮球队的男生戴着你织的围巾时,我心都碎了,恨不得把围巾抢过来!但我想着,万一你喜欢他,我抢了他的围巾,你是不是就会讨厌我?"

在苏鲲岳把话说完之后,肖晨羽的泪水就彻底决堤了。

喜欢一个人的时候,眼里的光芒是藏不住的,她一直在努力,把眼里的光芒化成外在的光芒,想着有一天能吸引到她的心上人。

暗恋苦楚,但她终于不负艰难,让暗恋开出花来。

图书在版编目（CIP）数据

悄悄喜欢你 / 三月桃花雪著. -- 南京：江苏凤凰文艺出版社，2024.4
ISBN 978-7-5594-8246-4

Ⅰ.①悄… Ⅱ.①三… Ⅲ.①短篇小说－小说集－中国－当代 Ⅳ.① I247.7

中国国家版本馆 CIP 数据核字（2024）第 008375 号

悄悄喜欢你

三月桃花雪 著

责任编辑	朱智贤
特约编辑	眠　月
特约策划	眠　月
封面设计	光学单位
责任印制	杨　丹
出版发行	江苏凤凰文艺出版社
	南京市中央路 165 号，邮编：210009
网　　址	http://www.jswenyi.com
印　　刷	大厂回族自治县德诚印务有限公司
开　　本	880 毫米 × 1230 毫米 1/32
印　　张	8.25
字　　数	176 千字
版　　次	2024 年 4 月第 1 版
印　　次	2024 年 4 月第 1 次印刷
标准书号	ISBN 978-7-5594-8246-4
定　　价	45.80 元

江苏凤凰文艺版图书凡印刷、装订错误，可向出版社调换，联系电话 025-83280257